XMAS WARS

PEA JUNG (Jahrgang 1977) lebt mit ihrem Mann und vier Kindern in der Nähe von München. Neben der Arbeit als Sozialpädagogin schreibt sie Liebesgeschichten mit Happy End, wobei der Erotikfaktor von Geschichte zu Geschichte variiert. Mit ihrem Debütroman DIE FALSCHE HOSTESS gelang der Überraschungserfolg – das Buch entwickelte sich in kurzer Zeit zum Bestseller. Seither begeisterte jedes ihrer Bücher die stetig wachsende Leserschaft. Mittlerweile ist sie eine erfolgreiche Self-Publisher-Autorin.

PEA JUNG

XMAS WARS
Verrückt nach Han

Bibliografische Information der Deutschen Nationalbibliothek:
Die Deutsche Nationalbibliothek verzeichnet diese Publikation in der
Deutschen Nationalbibliografie. Detaillierte bibliografische Daten sind
im Internet über http://dnb.dnb.de abrufbar.

2. Auflage 2016

info@peajung.de
www.peajung.de
www.facebook.com/PeaJungAutor
www.youtube.com/PeaJungAutor

Covergestaltung und Satz: Jürgen Müller, LayArt

Quellennachweis der Umschlagfotos:
© istockphoto.com/golubovy

Lektorat: WortWerk München, www.wortwerk-muenchen.de
Korrektorat: SW Korrekturen e.U.

Herstellung und Verlag: BoD – Books on Demand, Norderstedt
ISBN: 978-3-7392-0647-9

Hallo!

Manchmal sind es kleine Entscheidungen, die den ganzen Lebensweg verändern.

Die nie zu beantwortende Frage ist die Frage danach, was passiert wäre, wenn man nicht so, sondern anders gehandelt hätte.

Wenn man Nein statt Ja gesagt hätte. Wenn man rechts statt links abgebogen wäre. Was wäre, wenn …

Diese Gedanken bringen einen nicht wirklich weiter.

Es ist im Nachhinein aber interessant, sich die Kleinigkeiten bewusst zu machen, die anscheinend den Weg bereitet haben. Dabei trägt jeder von uns auch sein Paket an Erlebnissen, Erfahrungen und Erinnerungen mit sich herum, die diese Kleinigkeiten bedeutungslos oder bedeutend machen.

Eine Zusage zu einer Einladung hat innerhalb weniger Stunden mein Leben in eine neue Richtung gelenkt.

Ich kann nur sagen, dass dieses eine schicksalhafte Weihnachten mein Leben für immer verändert hat.

Im Folgenden habe ich dieses Weihnachten und die vorangegangenen Erlebnisse für mich verewigt. Ich freue mich, diese nun mit euch zu teilen.

Eure Lea Comtesse

*W*eihnachten steht vor der Tür.« Die neckende Art meines Bruders Hannes ist selbst durch das Telefon nicht zu überhören.

Wie schön, dass er mir so fröhliche Neuigkeiten verkündet!

»Ja«, grummele ich in meinen nicht vorhandenen Bart, »und ich habe nicht vor, die Tür zu öffnen.«

Weihnachten ist ja bekanntlich nur einmal im Jahr, meist im Dezember.

Hannes lacht kurz, dann singt er: »Macht hoch die Tür, die Tor macht weit!«

Natürlich hat er gut lachen. Klar ist ihm nach Singen zumute. Das Fest der Liebe naht und er hat seine Herzensdame schon lange gefunden, der Gute.

»Single Bells, Single Bells, Single all the way …«, tönt jetzt schräger Gesang aus dem Telefon.

Weil ich genervt schnaube, versucht mein Bruder mich zu besänftigen. »Komm schon! Bisher hast du noch jedes Weihnachten überstanden.«

Er hat es erfasst. Es geht darum, etwas zu überstehen. Etwas zu überstehen heißt für mich nichts anderes, als etwas zu überleben. Mit anderen Worten: den inneren Chuck Norris rauslassen und sich durchbeißen. Gibt es eigentlich so etwas wie ein Survival-Boot-Camp für Weihnachtsphobiker?

Ich war noch nie ein großer Weihnachtsfan, was sich schon in meiner Kindheit manifestierte. Unser Familienfest endete stets mit einem handfesten Familienkrach und feindseligem Schweigen unter dem Baum, während aus dem Nachbarhaus fröhlicher Gesang ertönte. Außerdem waren wir von unseren Großeltern jedes Jahr bis zur Besinnungslosigkeit gemästet worden. Meine Mutter gab es erst nach Jahren auf, zusätzlich noch ein eigenes Essen vorzubereiten. Mit anderen Worten: Ich bin satt für alle Ewigkeiten, was das Feiern von Weihnachten angeht!

Inzwischen wohne ich natürlich schon lange nicht mehr bei meinen Eltern.

Mittlerweile hätte ich auch gar nichts mehr dagegen, an Weihnachten so richtig gemästet zu werden, denn ich habe leider ein ganz anderes Problem.

Am Fest der Liebe will jeder gerne mit seinem Liebsten zusammen sein. Blöd, wenn man keinen hat und alle guten Freunde vergeben sind.

»Brigitte bereitet Raclette vor. Der Aufwand würde sich lohnen, wenn wir nicht nur zu zweit wären.«

Ach ja, eigentlich telefoniere ich ja gerade mit meinem Bruder.

»Ist das eine Einladung?«

»Was denn sonst? Komm an Weihnachten einfach zu uns! Gegen sieben legen wir den Quirin ins Bett, dann können wir in Ruhe essen.«

Brigitte und mein Bruder sind vor einem halben Jahr Eltern geworden. Sie haben sich vorgenommen, den 24. Dezember nur im kleinen Kreis der Familie zu feiern und die Besuche bei den Eltern und Schwiegereltern auf die Weihnachtsfeiertage zu verteilen.

Ich zögere, weil ich nicht in die junge Familie einbrechen möchte. Allerdings habe ich schon sehr lange kein Raclette-Essen mehr genossen und die Verlockung ist groß. Zu groß, wie sich zeigt …

»Also gut. Danke, ich komme gern.«

An Hannes' kurzem Aufatmen kann ich unschwer erkennen, dass er befürchtet hat, ich sage nicht zu. Die Vorstellung, ich könne am 24. Dezember allein mit meiner Griesgrämigkeit verbringen, hat ihm wohl nicht gefallen.

»Dann bis morgen«, ruft er vergnügt und hat schon aufgelegt, bevor ich noch etwas sagen kann.

24. Dezember 2014, 18.40 Uhr

Am Weihnachtsabend vermumme ich mich mit Mütze und Schal und mache mich zu Fuß auf den Weg. Hannes und Brigitte wohnen nicht weit von mir. Ich liebe es, durch die verschneiten Straßen zu gehen. Es ist ein perfekter Winterabend. Der Schnee liegt weiß und pulverig auf den menschenleeren Straßen.

Ich komme an dem kleinen Kino in unserem Ort vorbei. Es ist schon lange geschlossen, weil der Betreiber mit der technischen Entwicklung nicht mehr mithalten konnte. Alleine schon die Bezeichnung »Film-Theater«, die in großen Buchstaben über dem Eingang hängt, sagt eigentlich alles.

Weil ich zeitig dran bin, betrete ich den überdachten Bereich vor dem Kino und sehe mir die vergilbten Plakate der Filme an, die hier zuletzt liefen. Ein Wunder, dass es sich nicht um »Vom Winde verweht« oder »Casablanca« handelt! Der Zustand der Plakate ließe das vermuten. Verträumt starre ich auf die kleinen Tafeln im Schaukasten, auf die noch mit kleinen Buchstaben und Zahlen die täglichen Spielzeiten eingesteckt wurden.

Es fröstelt mich. Kalter Wind wirbelt die Schneeflocken zu mir unter das Dach. Ich beschließe, dem aufkeimenden nostalgischen Gefühl keine weitere Beachtung zu schenken und lieber weiterzugehen.

Da sehe ich ihn.

Nein, keinen Kerl. Ich sehe den Beweis meiner kindlichen Begeisterung für einen Kerl. Natürlich musste ich meine Vernarrtheit mit Edding auf einem Naturstein verewigen.

Ich gehe näher an den gemauerten Teil der Wand und betrachte meine kindliche Schrift. *Lea + Han* steht da, umrahmt von einem unförmigen Herz, das ein Pfeil durchbohrt. Mit schiefem Lächeln betrachte ich dieses Stück Erinnerung.

Ja, es ist wahr. Ich bin mit dem Sternenkrieg aufgewachsen. Mein Onkel war einer der wenigen Menschen in unserem Dorf, der den ersten Teil der Trilogie auf Video hatte.

Er wohnte damals in der Wohnung neben meiner Oma. Weil wir einmal in der Woche meine Oma besuchten, kam ich häufig in den Genuss einer Star-Wars-Vorführung.

Eigentlich habe ich seinerzeit eher meinen Bruder begleitet, der auf diesen Film versessen war. Ich konnte das nicht so richtig nachvollziehen. Aber als kleine Schwester geht man eben mit in die Wohnung des Onkels und versucht dabei zu sein, wenn der große Bruder vor Begeisterung verglüht.

Der Film war in meinen Augen langweilig. Es kamen keine Ponys vor und überhaupt – Wüste, ein alter Mann und ein junger Kerl, der mir schon damals nicht besonders gut gefiel. Aber weil es auch einfach ungerecht gewesen wäre, wenn der Bruder mehr Zeit vor dem Fernseher gehabt hätte als man selbst, musste ich den Film natürlich mit anschauen. Das ging gar nicht anders.

Immer wieder mussten wir den Film ausmachen, bevor der eigentlich interessante Teil begann, weil die angemessene Fernsehzeit für uns Kinder vorbei war. Der Streifen wurde nämlich für mich erst dann richtig spannend, wenn die einzige Frau auf der Bildfläche erschien. Die Prinzessin mit der tollen Frisur und dem merkwürdigen Kleid. Das Schönste an ihr war natürlich damals ihr Name. Inzwischen weiß ich, dass er nicht ganz genauso wie mein Name geschrieben wird, aber in der Aussprache merkt man kaum einen Unterschied. Natürlich musste die arme Prinzessin gerettet werden!

Faszinierend an dieser Prinzessin war für mich damals, dass sie selbst auch eine Kanone in die Finger bekam und nicht auf den Mund gefallen war.

Und dann kam er! Han Solo. Der Typ, der mich für immer gelehrt hat, dass der breitbeinige Gang nicht nur den Cowboys vorbehalten ist. Han Solo hat mein Verhältnis zur Männerwelt für alle Zeit gestört. Genau, ich stehe auf Schurken! Auf gut aussehende Schurken, die zum Helden mutieren, wenn es sein muss. Mein Männerbild wurde durch Han Solo sozusagen konditioniert. Ein richtiger Mann muss in meinen Augen immer einen treffenden Spruch auf den Lippen haben. Vor allen Dingen aber sollte er mit einem Hydroschraubenschlüssel umgehen können und ein Herz für Wookiees haben.

Bis heute habe ich allerdings keinen Mann gefunden, der einen Wookiee zum Gefährten hat. Vielleicht bin ich deswegen immer noch Single. In Anbetracht dieses Auswahlkriteriums bin ich wohl zum ewigen Singledasein verdammt.

Wenn ich dann doch mal einen Schurken abbekommen habe, wollten die von Heldentum nichts wissen. Meine Freunde waren schneller mit meinem Geld über alle Berge, als ich gerettet worden war. Meine Solos blieben lieber solo und entschieden sich nicht im letzten Moment für die heldenhafte Rückkehr. So sieht es aus.

Meine frühkindliche Star-Wars-Phase schlief irgendwann ein. Erst in der Pubertät entstand eine neue Welle der Star-Wars-Begeisterung. Ich war zu einer Zeit im Star-Wars-Fanklub, als dieser vom Aussterben bedroht war und man für diese Mitgliedschaft schief angeschaut wurde. Aber was soll ich dazu sagen: Die Macht war stark in mir.

Natürlich ist mein Fangirl-Getue von damals nicht mehr mit meiner heutigen Begeisterung für Star Wars zu vergleichen. Aber als der erste Kinotrailer für den neuen Film gezeigt wurde, saß ich mit einer Gänsehaut vor meinem PC. Ich freue mich wie ein Kind über ein Wiedersehen mit dem gealterten Han Solo kurz vor Weihnachten 2015. Keine Frage: Ich werde mir Kinotickets für die Preview sichern. Bestimmt werden längst vergessene Gefühle für Harrison Ford in mir geweckt, wenn er als Han zusammen mit seinem haarigen Freund über die Leinwand läuft. Das ergraute Haar und die Falten des Schauspielers werden mich nicht davon abhalten. Ganz automatisch speicherte ich mir Weihnachten 2015 in Kombination mit Star Wars ab. Eine irre Verbindung, ich gebe es zu. Aber es war das erste Mal, dass ich dachte: »Ich wünschte, es wäre schon Weihnachten!«

Die Glocke der nahen Kirchturmuhr gibt mir zu verstehen, dass ich an Weihnachten um 19 Uhr vor einem verlassenen Kino stehe und mir immer noch das Gekritzel aus meiner Teenagerzeit ansehe.

Jetzt wird es Zeit, endlich bei meinem Bruder und seiner Frau aufzuschlagen. Ich habe auch schon Hunger.

Da stellt sich mir unweigerlich die Frage, wo eigentlich die Kantine auf dem Todesstern war, damit all die Stormtrooper mit Nahrung versorgt wurden. Ob es da wohl auch mal Raclette gab?

Weihnachten 2014, 19.08 Uhr

Mit etwas Verspätung treffe ich bei Hannes und Brigitte ein. Sachte klopfe ich an die Tür ihrer Wohnung. Falls der kleine Quirin schon schläft, möchte ich ihn nicht aufwecken.

»Da bist du ja!«, ruft mein Bruder, als er mit Schwung die Tür aufreißt.

Sofort ertönt ein energisches »Pst!« aus Brigittes Mund hinter ihm und Hannes zieht den Kopf ein. Sein verzogener Mund macht mir klar, dass er vergessen hat, woran ich gedacht habe. Quirin ist es gewohnt, dass auf seinen Schlaf Rücksicht genommen wird.

Verkrampft lauschen wir alle einen Moment, aber es bleibt ruhig in der Wohnung. Schließlich tritt Hannes zur Seite, damit ich endlich reinkommen kann. Weil ich mich auskenne, verschwinden meine Gastgeber schon ohne mich in der Küche. Währenddessen entledige ich mich meiner Jacke und den dicken Stiefeln, lege Mütze und Schal ab. Es riecht appetitlich nach frisch geschnittenem Gemüse.

Ich gehe in die Küche. Dort ist bereits alles für unser Essen vorbereitet.

Brigitte hat ein vielfältiges Büfett für das Raclette aufgebaut. Jetzt muss ich zugeben, dass ich mich sehr darüber freue, die Einladung angenommen zu haben. Was ich hier alles sehe: Gurken, Paprika, Mais, Pilze, Fleisch, Soßen ohne Ende, Baguette und natürlich … Käse.

»Das sieht lecker aus!«, stelle ich fest.

Hannes reibt sich die Hände. »Auf alle Fälle werden wir bald alle sehr viel dicker sein. Lass uns loslegen!«

Von der steinernen Platte auf dem Raclette wird bereits der Duft des heißen Öls im Raum verteilt.

Ich setze mich an den Tisch.

Wenig später – wir sind gerade tatkräftig mit Braten, Überbacken und Gesprächen beschäftigt – klingelt es an der Haustür.

Es ist kein Wunder, dass wir die Klingel trotz des Brutzelns hören, da es sich um ein Modell mit extrem lautem Klingelton handelt.

Brigitte stöhnt genervt auf. »An Weihnachten! Das gibt's doch nicht!« Ihr Besteck schlägt klappernd auf ihren Teller. Mit gerunzelter Stirn verlässt sie die Küche, um zur Wohnungstür zu eilen.

Als sie die Haustür öffnet, kann ich nur die Stimme eines männlichen Besuchers hören.

»Hannes, kommst du mal!«

Hannes und ich tauschen einen erstaunten Blick. Hannes steht auf und verlässt die Küche. Von meinem Platz aus kann ich durch die offene Küchentür nicht weit genug in den Flur sehen. Hannes stößt einen merkwürdigen Laut aus. So einen Laut habe ich von ihm noch nie gehört. Überraschung und Unglaube liegen darin.

Der männliche Besucher lacht auf, und weil ich lautes Tätscheln und Klopfen hören kann, gehe ich davon aus, dass hier jemand begrüßt und umarmt wird.

»Kumpel, du hast dich überhaupt nicht verändert.«

»Du auch nicht, Mann.«

Kenne ich diese Stimme?

»Wahnsinn! Ewig nicht gesehen.«

»Bestimmt zehn Jahre.«

»Aber sofort wiedererkannt.«

»Pst«, funkt Brigitte dazwischen, »der Kleine schläft!«

»Ja …« Hannes räuspert sich. »Quirin … unser Kleiner schläft. Wir sollten in die Küche gehen.«

Gebannt sitze ich da und warte. Brigitte kommt in die Küche. Als unsere Blicke sich treffen, verdreht sie genervt die Augen. Klar, sie ist gestresst, weil sie ihren Quirin am liebsten erst morgen früh wieder hören möchte.

Gerade als ich noch verfolge, wie Brigitte ein zusätzliches Gedeck aus dem Schrank holt, tritt Hannes an die Tür. Er deutet mit einer Hand in die Küche.

»Komm rein!«, sagt er an den Besucher gewandt. »Wir essen gerade.«

Und da tritt er in mein Leben. Wieder. Kein Zweifel. Er ist es. Julius Fink. Der Mann, der es schon immer geschafft hat, mich mit seiner schonungslosen Ehrlichkeit gepaart mit Witz und Charme um den Verstand zu bringen.

Ich hätte nicht gedacht, dass ich ihn jemals wiedersehen würde. Auch wenn ich zugeben muss, dass ich immer mal wieder an ihn gedacht habe.

Wo kommt er her?

Alle möglichen Gedanken schießen mir durch den Kopf. Ich möchte nicht wissen, wie mein Gesicht in diesem Moment aussieht. Vermutlich sind meine Augen unnatürlich weit aufgerissen und meine Stirn liegt in Falten.

Julius, der eben noch mit großen Schritten in die Küche marschiert ist, als wäre er hier zu Hause, scheint ebenso überrascht zu sein. Er bleibt unvermittelt stehen und zieht die Augenbrauen hoch.

Er ist – wie ich auch – älter geworden, sieht aber in meinen Augen immer noch so gut aus wie früher. Falsch! Er sieht sogar noch besser aus.

Sein Mund klappt kurz auf.

Er hat mich erkannt. Logisch. Weil er auf mich zugeht, stehe ich auf. Warum zum Teufel stehe ich denn jetzt auf? Noch dazu wie ein Kind, das beim Naschen erwischt worden ist. Geht's noch?

Da ist er aber schon bei mir und streckt mir seine Hand entgegen. Ich ergreife diese automatisch.

»Hallo«, sagt er freundlich.

Peinlich berührt versuche ich, ihm ebenso heiter ins Gesicht zu sehen. Dabei komme ich allerdings nicht umhin, an meine letzte Begegnung mit ihm zu denken.

Julius schafft es nicht, meinem Blick standzuhalten.

Seine Aufmerksamkeit gilt kurz meiner ganzen Gestalt. Manchmal kommt es mir so vor, als würden die Männer wirklich glauben, dass wir nicht bemerken, wo ihre Blicke hingehen. Es ist mir tatsächlich schon passiert, dass ein relativ kleiner Mann sich mit meinen Brüsten unterhalten hat, während ich wie fehl am Platz oben darauf wartete, dass er mir mal ins Gesicht sieht. Vielleicht hätte ich nur sagen müssen: »Hallo, ich bin auch noch da!«

Na ja, wenn ich einem Mann auf den Hintern starre, dann kann ich ja davon ausgehen, dass er es nicht sieht. Das ist ein Vorteil.

»Lea?« Mein Bruder holt mich aus meinen Überlegungen.

»Äh …« Gut, soeben habe ich wohl Julius angestarrt, während er immer noch meine Hand hält und auf eine Begrüßung wartet.

»Hallo«, bringe ich hervor.

Es ist mir unangenehm, hier den Schulfreund meines Bruders zu treffen, für den ich jahrelang nur die lästige kleine Schwester war.

Julius hat schließlich keine Gelegenheit ausgelassen, um mich mit seinen Witzen und fiesen Bemerkungen aufzuziehen, bis er beschlossen hat … Da möchte ich mal lieber gar nicht dran denken!

»Lässt du meine Hand auch wieder los?«

Sofort reagiere ich und entziehe ihm meine Hand. Er lächelt mich an. Sehr freundlich, finde ich. Verdächtig freundlich. Sein Lächeln konnte mich schon immer aus der Bahn werfen. Es hat so etwas unverschämt Freches an sich. Inzwischen ist der jungenhafte Schalk daraus gewichen. Alles, was ich sehe, ist ein äußerst attraktives Grinsen.

»Meine Frau Brigitte kennst du ja schon«, sagt Hannes und lenkt Julius' Aufmerksamkeit auf Brigitte, die inzwischen das Gedeck für Julius aufgelegt hat.

»Wir haben uns kurz mal gesehen, bevor du nach Neuseeland aufgebrochen bist«, bestätigt Brigitte.

Nun holen sie die Begrüßung nach, die vorhin an der Wohnungstür offenbar zu kurz gekommen ist.

»Freut mich sehr«, sagt Brigitte mit einem Lächeln. »Hannes hat mir wirklich *alles* von dir erzählt.«

»Das hoffe ich nicht.«

Hannes klopft Julius auf den Rücken. »Keine Sorge! Nicht wirklich alles. Du hast viel Unsinn gemacht und ich war dummerweise immer dabei.«

Während wir uns alle an den Tisch setzen, bezieht mich Julius in das Gespräch ein.

»Lea, dein Bruder stellt sich mal wieder als Unschuldslamm dar. Gibst du mir Schützenhilfe?«

Automatisch muss ich den Blick auf die Tischplatte senken und schwer schlucken. Julius hat früher so gut wie nie meinen Namen ausgesprochen. Wenn er genervt von mir war, nannte er mich »das Schwester«. Manchmal, wenn ich ihm weniger lästig war, nannte er mich »Comtesse«, weil das unser Familienname ist.

Und dann gab es da noch den ganz speziellen Kosenamen. Wenn ich daran denke, wie er ihn zu mir sagt und wie er mich dabei angesehen hat, jagen jetzt noch elektrisierende Impulse durch meine Adern.

Ich hätte nicht gedacht, dass eine Schwärmerei, die jahrelang ohne Nährboden war, so plötzlich neu aufleben kann. Längst vergessene Gefühle erwachen in mir. Gefühle, die vertraut und erschreckend zugleich sind.

Da fällt mir auf, dass er immer noch auf eine Antwort von mir wartet. Doch ich fühle mich zurückkatapultiert ins Teenageralter. Es ging mir tierisch auf den Keks, dass ich mich in Julius' Gegenwart regelmäßig zum Affen machte. Es war so, als hätte er einen Schalter umgelegt. Aus der witzigen, schlagfertigen Lea, die ich so gerne sein wollte, wurde plötzlich ein Dummie, der nicht mehr durch eine Tür gehen konnte, ohne am Rahmen hängen zu bleiben. Regelrecht zitterig war ich in seiner Gegenwart. Eigentlich hatte ich gehofft, dass dieser Schalter inzwischen eingerostet wäre, aber Julius

kann ihn immer noch umlegen. Ich fühle mich genauso
unsicher und gehemmt wie früher.

Es war einmal …

*I*ch bin dann weg, Lea! Sagst du Mama und
Papa, dass ich bei Julius übernachte, wenn sie
vom Einkaufen wieder da sind?« Hannes rief mir die
Worte über seine Schulter zu, während er eine Geträn-
kekiste durch den Flur schleppte.

»Ja, ja«, maulte ich, weil ich vierzehn Jahre alt war
und eigentlich so gut wie immer maulte.

Außerdem war Hannes so laut, dass ich nicht aus-
schlafen konnte. Ich schlief gerne aus. Die Wochenen-
den waren mir heilig. Aber Hannes musste ja um zehn
Uhr vormittags einen Krach im Flur machen, den eine
Kompanie Stormtrooper nicht gemacht hätte, selbst
wenn der imperiale Marsch in voller Lautstärke dazu
gespielt worden wäre. Mein Bruder musste so lange jede
Menge Hausrat zusammenpacken, bis ich davon wach
geworden war.

Andauernd ging dabei die Haustür auf und zu. Wir
hatten so einen Schnapper im Schloss, und der klackte
jedes Mal unerträglich laut, wenn die Tür von außen
aufgedrückt wurde.

Jetzt würde endlich Ruhe einkehren. Aber nun war
ich auch schon wach. Noch im Nachthemd tapste ich
in die Küche, die direkt neben der Haustür lag, und

wollte mir etwas zu trinken machen.

Da klingelte es an der Haustür. Shit! Auf gar keinen Fall wollte ich die Tür im Nachthemd öffnen. In den Flur konnte ich aber auch nicht gehen. Wir hatten ein Sichtfenster in der Haustür, und jeder, der vor der Tür stand, würde mich sehen können. Eigentlich wollte ich an diesem Morgen erst in Ruhe duschen und vor allen Dingen meine Haare waschen, bevor ich unter Menschen ging.

Der Besucher vor der Tür schien über die Existenz des Schnappers im Schloss Bescheid zu wissen. Das laute Klicken ließ mich zusammenzucken.

»Hallo?«, rief Julius.

Ich antwortete nicht und hielt den Atem an. Vielleicht hatte ich ja Glück und Julius verschwand wieder.

»Er liegt in der Küche«, rief Hannes von draußen.

Nein! Nach meiner Erfahrung gab es so etwas wie Glück nicht. Ich stand hier in der Küche. Auf dem Küchentisch lag Hannes' Schlüssel. Prima! Hastig huschte ich hinter die Kochinsel.

Für weitere Überlegungen oder Maßnahmen hatte ich keine Zeit mehr. Nur nach Luft schnappen konnte ich noch, als Julius das Haus betrat und schneller bei mir in der Küche stand, als mir lieb war.

»Oha, das Schwester ist erwacht!« Er klang ganz locker, so als wollte er mit mir scherzen.

Normalerweise hätte ich ihn jetzt genauso angemault, wie ich es meinem Bruder in einem solchen Moment angedeihen ließ, aber ich stand hier im Nachthemd mit Haaren, die mir in Strähnen an der Kopfhaut kleben. Das sah bestimmt nicht ganz appetitlich aus. Also hielt ich die Klappe und spürte stattdessen eine unangenehme Hitze in meinem Gesicht.

Ich hoffte, dass Julius den Schlüssel greifen und verschwinden würde. In Erwartung dessen legte ich meine Hände auf die Arbeitsplatte der Kochinsel, hinter der ich mich verschanzt hatte, und versuchte mit dem Raum zu verschmelzen.

»Alles klar?«

Mein Verhalten hatte Julius auf den Plan gerufen. Obwohl mein Blick gerade noch den eingetrockneten Soßenfleck auf der Arbeitsplatte fixiert hatte, sah ich alarmiert auf.

Julius griff locker nach dem Schlüssel und ließ den ganzen Schlüsselbund an einem Ring um einen Finger kreisen. Das klappernde Geräusch des Schlüssels wurde lauter, als Julius immer weiter in die Küche schlenderte, bis er hinter die Kochinsel blicken konnte.

Er musterte mich von oben bis unten.

Das war unerträglich. Ich fixierte lieber wieder den alten Soßenklecks und überlegte, ob er nun mehr nach einem merkwürdigen Regenwurm oder einem Penis aussah.

»Was machst du denn da?«

»Äh …« Eigentlich wollte ich noch mehr sagen, da stand Julius schon neben mir und blickte auf den Soßenfleck.

»Hm …« Er grinste. »Also wenn deine Eltern sehen, was du hier für perverse Malereien machst. Putz das lieber weg!«

Seine Deutung tendierte offensichtlich nicht zu

»merkwürdigem Regenwurm«. Dadurch brachte er mich noch mehr in Verlegenheit.

»Ich … das ist … ich habe nicht …«

»Das ist gut!« Er lachte frech. »Du hast soeben den ersten Schritt in eine größere Welt getan.« Sein schiefes Grinsen machte mich sprachlos. Er ließ sich nicht von mir beirren. »Ich muss jetzt los. Dein Bruder wartet.«

Gott sei Dank! Endlich!

Er kehrte mir den Rücken zu und machte sich davon. Doch an der Küchentür wandte er sich noch einmal kurz zu mir um. »Ach übrigens, bist du nicht langsam zu alt für ein Nachthemd mit Zeichentrickfiguren drauf?«

Fassungslos starrte ich auf die schwarze Maus, die auf meinem Nachthemd prangte.

»Und noch was … du hast einen riesigen Pickel auf der Stirn. So wie du aussiehst, solltest du ganz schnell zurück in deine Zelle, Prinzessin.«

Das Nächste, was ich hörte, war die Haustür, die ins Schloss fiel. Er war weg.

Nach kurzem Überlegen hastete ich zur Haustür, riss sie ein Stück auf und entriegelte den Schnapper, damit keine weiteren unerwünschten Personen mehr hereinkamen. Dann lief ich ins Bad.

Tatsächlich! Ausgerechnet an diesem Morgen hatte ich einen neuen Rekord in Sachen Pickel aufgestellt. Ein Monster von gelbem Hügel saß mir genau zwischen den Augenbrauen. Bei einer indischen Frau wäre das vielleicht als Bindi durchgegangen.

Zurück in die Zukunft …

as machst du so, Lea?«, fragt Julius interessiert.

»Was?«

»Beruflich, meine ich. Bist du Tierärztin geworden?«

Sogar das hat er sich gemerkt. So wie ich mir gemerkt habe, dass er Systemmanagement studiert hat.

»Ich hab ja nicht mal das Gymnasium geschafft. Ich arbeite im Büro … Buchhaltung.«

»Okay.« Er nickt verständnisvoll, obwohl er nicht zu verstehen scheint.

Ich schiele zu Hannes und Brigitte, die sich Blicke zuwerfen. Offenbar ist ihnen klar, dass die Unterhaltung für mich nicht sonderlich angenehm ist. Brigitte reicht mir die Schale mit den Karotten. »Möchtest du?«

»Schlag zu, Kumpel! Aber lass uns auch noch was übrig«, sagt Hannes an Julius gewandt.

Kichernd fällt mir wieder ein, dass Julius Berge von Essen verschlingen konnte. Wann immer er bei uns zum Essen war, aß er alles auf. Die Reste von unseren Tellern schob er sich auf seinen Teller und schien auch dann immer noch nicht satt zu sein.

Julius bemerkt mein breites Grinsen.

»Was?«, schimpft er. »So schlimm war ich gar nicht. Ich hatte halt Hunger, und ich kann euch beruhigen: Ich muss inzwischen auch auf meine schlanke Linie achten.«

Er klopft sich auf den Bauch, der genauso flach wie eh und je aussieht.

»Ich sag nur Nudelauflauf«, erinnert uns Hannes, während er sein Raclettepfännchen bestückt.

Als ich Julius' Unschuldsmiene sehe, ist es mit meiner Beherrschung vorbei. Meine Eltern hatten eine riesige Form voll Nudelauflauf gemacht. Eigentlich war die Portion damals sogar so geplant, dass der Auflauf am nächsten Tag für uns noch mal reichen sollte, weil meine Eltern beide in der Arbeit waren. Doch Julius aß den kompletten Inhalt der Auflaufform auf, als handele es sich um ein Häppchen. Am nächsten Mittag bestellten wir notgedrungen Pizza.

»Das war etwas völlig anderes«, verteidigt sich Julius. »Du hast gewettet, dass ich das nie im Leben schaffen werde. Und? Ich hab die Wette gewonnen.«

Brigitte lacht jetzt auch und ich stimme noch lauter mit ein. Vor Begeisterung klatsche ich beim Lachen in die Hände.

Julius stupst meinen Bruder an.

»Sieh sie dir an! Ist noch genauso süß wie früher, die Prinzessin.«

Schlagartig verstumme ich. Im Augenwinkel sehe ich, dass Brigitte Hannes einen fragenden Blick zuwirft. Hannes sieht irritiert aus. Als ob er als Bruder jemals um so eine Meinung gefragt werden würde.

Prinzessin. Das ist der Kosename, von dem ich vorhin sprach.

Aus Schwärmerei meines Bruders für Star Wars wurde nämlich auch hin und wieder ein Rollenspiel, an dem ich gnädigerweise einige Male beteiligt wurde. Weil Hannes als Luke und Julius als Han fungierten, schlüpfte ich natürlich in die Rolle der Prinzessin Leia.

Ist es ein Zufall, dass ausgerechnet heute, wo ich meine Liebeserklärung an Han Solo vor dem Kino wiedergesehen habe, Julius hier auftaucht? Ich glaube nicht an Zufälle. Das muss Schicksal sein.

»Bist du zu Besuch in Deutschland?«, frage ich ihn, weil ich neugierig bin, was einen gut aussehenden Mann wie ihn, der seinen Lebensmittelpunkt seit Jahren in Neuseeland hat, an Weihnachten mutterseelenallein zu Hannes führt. Schließlich hatten die beiden eigentlich kaum noch Kontakt. Das glaube ich zumindest.

»Unter anderem.« Julius nickt. »Ich hab meine Eltern besucht, aber da war es jetzt todlangweilig. Und weil ich gehört habe, dass Hannes hier wohnt, dachte ich, ich mach einen Überraschungsbesuch.«

»So, so«, entgegne ich und klinge dabei irgendwie merkwürdig.

»Störe ich etwa?«

»Nein!«, geht mein Bruder sofort dazwischen. »Natürlich nicht.«

»Ich dachte schon, deine kleine Schwester ist sauer auf mich.«

Jetzt sieht er mir direkt in die Augen.

»Ist sie sauer auf mich?«, fragt er.

Sein Blick hypnotisiert mich. Ob er eine Ahnung hat, wie sehr er mich seinerzeit verletzt hat? Bestimmt nicht.

»Warum sollte ich sauer sein?«, blaffe ich lauter als gewollt und widme mich sofort meinem Raclettepfännchen.

Dabei weiß ich ganz genau, warum ich eigentlich so richtig wütend auf ihn war. Schließlich gibt es da gleich mehrere Begebenheiten, an die ich mich lebhaft erinnere.

Es war einmal …

Ich, die sechzehnjährige Lea Comtesse, bereitete mich auf meinen ersten Discobesuch vor.

Ich stand im Badezimmer, hatte mich ziemlich sexy angezogen und schminkte mich gerade. Mit »sexy« meine ich, dass ich ausnahmsweise einen Rock trug.

Da ging die Badezimmertür auf und Julius kam herein.

»Hey, kannst du nicht anklopfen?«

»Sorry, Comtesse, ich wusste ja nicht, dass Euer Durchlaucht hier drin ist.«

»Du bist hier nicht zu Hause.«

»Na ja, mehr oder weniger schon. Du hättest ja auch absperren können.«

Es wunderte mich, dass er nicht wieder ging. Wahrscheinlich wollte er aufs Klo, aber das konnte er ja in meiner Gegenwart nicht durchziehen. In aller Ruhe trug ich mir Lippenstift auf.

»So klein und schon in der Schminktruppe? Hast du was vor?«

»Wie du weißt, darf ich jetzt offiziell in die Disco.«

»Du bist die Einzige, die damit bis zu ihrem sechzehnten Geburtstag gewartet hat. Sehr brav!«

Das Wort »brav« aus seinem Mund zu hören, ärgerte mich. Es klang herablassend.

»Vergiss es!«, fauchte ich.

Mit lautem Klick drückte ich die Kappe auf den Lippenstift und suchte auf der Wandablage nach meiner Wimperntusche.

»Warum so garstig? Ich wollte lediglich Interesse zeigen, Comtesse.«

Jetzt drehte ich mich wütend zu ihm um, obwohl ich ihn auch bequem im Spiegel sehen konnte.

»Würdest du bitte aufhören, mich so zu nennen!«

Er lachte, und ich wusste auch ganz genau, warum. Vor Jahren hatten wir gemeinsam mit Hannes viele Szenen aus den Star-Wars-Filmen nachgespielt. Wir kannten die drei Filme in- und auswendig. Eine ganz bestimmte Szene hatten wir allerdings nie gespielt. Die berühmte Kuss-Szene zwischen Leia und Han. Sie begann mit exakt jenem Wortwechsel, den Julius und ich gerade geführt hatten.

»Ja, gut … Leia.«

Genervt wirbelte ich wieder zum Spiegel herum, presste meine Lippen aufeinander und machte dann einen Schmollmund. Zufrieden betrachtete ich das Ergebnis.

»Du bist dran«, erinnerte mich Julius.

Erstaunt fixierte ich sein Spiegelbild und begriff, worauf er hinauswollte.

»Das kannst du vergessen.«

Ein schelmisches Grinsen bemächtigte sich seiner Lippen, das ich allerdings nur noch aus dem Augenwinkel wahrnahm, weil ich endlich meine Wimperntusche erspäht hatte. Ich fischte sie aus dem Stapel mit den Parfümproben.

»Komm schon! Wir haben schon so gut wie alle Filmszenen mit Han nachgespielt. Ich weiß, dass du sie auswendig kannst.«

Er wusste es. Ich wusste es. Besonders die Kuss-Szene hatte ich mir wieder und wieder angesehen.

Ich öffnete die Tusche und war bereit, meine Wimpern zu verlängern. Doch ich wandte mich wieder Julius zu. Das konnte doch unmöglich sein Ernst sein. Schließlich wussten wir beide, dass das Gespräch mit einem Kuss endet – jedenfalls im Film.

Julius nahm mir die Wimperntusche ab und verschloss sie fachmännisch, als hätte er noch nie etwas anderes getan. Er legte sie hinter mich ins Waschbecken, ergriff meine Hand und begann, meine Finger liebevoll zu massieren. Dabei sah er mir tief in die Augen.

»Lass das!«, flüsterte ich viel zu leise, um damit etwas zu erreichen. Dummerweise unternahm ich auch keinen Versuch, ihm meine Hand zu entziehen – genau wie Leia im Film.

»Was?«, fragte Julius ebenso scheinheilig wie Han.

»Dieses Han-Handgeknete!«, brauste ich auf.

»Wovor hast du Angst, Lea?«

»Ich …«

»Dass sich der beste Freund deines Bruders in dich verliebt haben könnte?«

»Ich …«

»Wäre diese Vorstellung so schlimm für dich?«

»Du weichst vom Text ab«, konterte ich schnell. Darüber hatte ich mich sonst auch immer bei unseren kleinen Rollenspielen beschwert, wenn Julius nicht exakt genug war.

Julius ließ sich wie immer nicht von meiner Ermahnung irritieren. Ein siegessicheres Lächeln umspielte seine Lippen. Er drängte sich näher an mich.

Ich lehnte mich so weit wie möglich zurück. Der Rand des Waschbeckens bohrte sich in meinen Rücken.

Als ich noch ein Stück nach hinten ausweichen wollte, stieß mein Kopf an die Wandablage. Einige meiner Schminkutensilien fielen ins Waschbecken.

Julius nutzte die kurze Ablenkung geschickt aus und umfasste mein Kinn. Sein Gesicht war nah vor meinem, sehr nah.

Es wollte mir nicht in den Kopf, warum Julius mich küssen wollte. Er war absolut nicht der Typ, der mit einem Mädchen wie mir etwas anfangen wollte. Seine Freundinnen waren nie brünett und manchmal sogar etwas älter als er. Eines waren sie allesamt nicht: schüchtern und unerfahren. Leider traf das aber auf mich zu.

Ganz langsam näherte er sich meinem Mund. Sein Blick war längst auf meine Lippen geheftet. Wie von selbst fielen meine Augen zu.

Da spürte ich schon die zarte Berührung seiner Lippen. Erstarrt wartete ich ab. Er zog sich nicht zurück. Im Gegenteil! Sein Kuss wurde fester und intensiver. So also fühlte es sich an, wenn man küsst. Ob er wusste, dass dies der erste Kuss für mich war?

Schmetterlinge im Bauch? Von wegen! Was ich plötzlich wie eine Horde purzelbaumschlagender Ewoks in mir spürte, hatte mit Schmetterlingen nichts mehr zu tun.

Julius legte seine Arme um mich, zog mich vom Waschbecken weg und drückte mich an sich. Wo war dieser dämliche goldene Star-Wars-Roboter, der im Film Leias und Hans Kuss stört? Ach richtig, wir hatten vergessen, diese Rolle zu vergeben.

Es fühlte sich fantastisch an, wie Julius mich küsste. Es war, als wäre er mit mir verschmolzen und hätte nicht vor, mich jemals wieder loszulassen.

»Hey, Alter? Wie lange hockst du noch aufm Klo?«, brüllte Hannes durchs Haus.

Aha, Hannes spielte heute nicht Luke, sondern übernahm ausnahmsweise die Rolle des goldenen Roboters.

Mit einem Schmatzen löste sich Julius von mir. »Sorry, ich muss los, Prinzessin.«

Ungläubig blickte ich zu ihm auf. Meine Arme wollten ihn nicht loslassen. Das bemerkte ich allerdings erst, als er sich aus meiner Umklammerung wand.

Amüsiert betrachtete er meinen Mund und wischte sich schließlich mit dem Handrücken über seine Lippen. »Jetzt musst du noch mal von vorne anfangen.«

Bis ich begriff, was er meinte, hatte der das Bad schon verlassen. Wie betäubt wandte ich mich zu meinem Spiegelbild um. Julius hatte mir den fein säuberlich gezogenen Lippenstift verknutscht.

»Danke sehr! Vielen, vielen Dank«, rief Julius durch das Haus.

Meinte er jetzt den Kuss oder bedankte er sich bei meinem Bruder für die Unterbrechung?

Zurück in die Zukunft …

ch bin solo«, höre ich Julius sagen.

Wütend unterbreche ich ihn: »Kannst du nicht einmal mit diesem Schurken brechen? Immer wieder fängst du mit dem Thema an.«

Es bleibt still am Tisch. Alle starren mich mit großen Augen an.

Julius mustert mich interessiert.

Weil niemand etwas sagt, traue ich mich nun doch, nachzuhaken.

»Also, hat er denn nicht gerade gesagt, dass er Han ist?«

Hannes und Julius lachen. Nur Brigitte, die offenbar nun völlig den Anschluss an unser Gespräch verloren hat, klärt mich netterweise auf.

»Welcher Hahn? Julius hat doch gerade erzählt, dass er sich von seiner Freundin getrennt hat.«

»Ach … so.« Ein bisschen schäme ich mich.

So in Gedanken, wie ich war, hatte ich das Gespräch am Tisch völlig ausgeblendet und leider verpasst, dass es hier nicht um Star Wars geht.

Julius sieht mich immer noch an. »Ich glaube, dass die Prinzessin hier im falschen Film festhängt. Kann das sein?«

Er hatte schon immer diese Art, über mich zu sprechen, als wäre ich nicht da. Das wirkt bei ihm auch heute nicht überheblich. Ich fand es schon immer sehr lieb, wie er über mich sprach und genau wusste, dass ich da bin.

Es ist nicht schlimm, dass er von meinen Sternen-Gedanken weiß. Schlimm ist, dass er ahnen wird, wie ich auf dieses Thema kam.

Seine letzte Frage an mich war schließlich, ob ich wütend auf ihn bin. Jetzt ist ihm wohl klar, dass ich an unseren Kuss im Badezimmer denken musste. Oder an andere, ähnliche Momente, die aber allesamt mit ihm zu tun haben.

»Also, wer ist dieser Hahn? Und warum ist er auch solo?«

Brigitte bringt uns mit ihrer Frage erneut zum Lachen. Ich beobachte Julius dabei, wie er sich eine Scheibe Baguette vor den Mund hält. Sein unterdrücktes Lachen lässt seinen ganzen Oberkörper beben.

Er zieht mich immer noch magisch an. Diesmal ist es allerdings kein pubertärer Kleinmädchentraum. Ich finde ihn absolut begehrenswert.

»Wir reden von einem Film, Gitti!« Hannes kann sich kaum beherrschen, die Augen zu verdrehen.

Seine Frau interessiert sich nicht sonderlich für Science-Fiction.

Es fällt mir schwer, meinen Blick von Julius zu nehmen. Dennoch wende ich mich Brigitte zu und lehne mich ein Stück zu ihr. Dabei ist mir mehr als bewusst, dass Julius' Blick jeder meiner Bewegungen folgt.

»Es geht um den Piloten des Falken.«

Hannes' Gelächter wird immer lauter. Wenn er nicht aufpasst, wird er sich noch verschlucken.

Brigitte runzelt die Stirn. »Ein Hahn auf einem Falken?«

»Meine Fresse!«, stöhnt Julius auf.

Ohne zu überlegen, lange ich über den Tisch und tätschele seine Hand. »Keine Sorge, sie kennt sich aus. Du musst sie nicht von deiner Freundesliste kicken.«

Jetzt prustet Brigitte los. Ich bin immer wieder beeindruckt, wie gut sie die Unwissende spielt. Sie zieht Hannes damit gern auf, dem es nicht gefällt, dass sich seine Frau nicht so für Star Wars begeistern kann wie er.

Brigitte winkt ab. »Das ist der Schmuggler mit dem haarigen Ungetüm im Schlepptau.«

Julius und Hannes atmen tief durch. Da wird mir bewusst, dass meine Hand noch immer auf Julius' Hand liegt. Er folgt meinem Blick und sieht mich dann lächelnd an. So langsam und unauffällig wie möglich ziehe ich meine Hand zurück.

Doch Julius greift nach ihr. Damit habe ich nicht gerechnet. Kurz umschließt er meine Finger und drückt sie sanft.

Mir ist nicht klar, was er mir mit seinem Gesichtsausdruck sagen will. Nur die Andeutung eines Lächelns, ein magisches Strahlen in den Augen.

»Das ist doch der Teil, wo sie Jean-Luc Picard auf die gute Seite der Macht holen.« Brigittes neckende Worte lassen Hannes mit gespielter Entrüstung reagieren. Während er sich über seine Ehefrau mokiert, ziehe ich meine Hand schnell zurück.

Julius unterbricht das lachende Paar. »Da schreit was!«

Allerdings erst, nachdem er seine Hand langsam etwas weiter über den Tisch in meine Richtung geschoben hat.

Hannes und Brigitte sind sofort still.

Der kleine Quirin scheint es nicht gewohnt zu sein, dass hier so ein Tumult herrscht. Wir haben ihn geweckt.

»Ach, Mann!« Brigitte steht auf und eilt davon.

Hannes hat den Mund verzogen und schielt uns schuldbewusst an. Keiner sagt ein Wort. Das Kindergeschrei wird kurz lauter, als Brigitte die Kinderzimmertür öffnet. Dann kehrt Ruhe ein.

Wir wollen gerade aufatmen, als das Geschrei erneut lauter wird.

»Kommst du mal, Hannes? Quirin hat Fieber!«

»Na, super«, freut sich Hannes. Dann hebt er beim Aufstehen einen Zeigefinger und grinst. »Ihr folgen ich muss.«

»Wie man spricht, du noch lernen musst«, kontert Julius.

Doch da ist Hannes schon aus der Küche verschwunden. Julius sieht ihm nach. Wir lauschen, bis er im Kinderzimmer verschwunden ist.

Jetzt wendet sich Julius wieder mir zu. Ich überlege, wann wir das letzte Mal alleine waren. Daran kann ich mich noch sehr genau erinnern.

»Lea …«

»Vielleicht sollte ich mal nachsehen, ob sie Hilfe brauchen?«

»Zwei Erwachsene und ein Baby. Die schaffen das schon. Mit anderen Worten: Immer zu zweit sie sind.«

»Ich glaube, ich gehe trotzdem mal nachsehen, ob …« Ich stehe auf und will gehen, aber Julius greift nach meiner Hand.

»Lea …«

»Ihr könnt euch gern ins Wohnzimmer setzen«, sagt Hannes, der plötzlich in der Küche steht. »Wie es aussieht, brauchen wir eine Weile. Mein Ableger glüht und es ist Schleuderkotzen angesagt!«

»Kein Problem. Lea wollte sowieso gerade ins Wohnzimmer und mir den Weihnachtsbaum zeigen.«

Ich wollte was?

»Ich … äh«, stammele ich mit gerunzelter Stirn. Julius bringt mich völlig aus dem Konzept.

»Gute Idee!« Hannes grinst und ist im nächsten Moment schon wieder weg.

»Weihnachtsbaum zeigen? Ich zeig dir gleich …«

»Pst«, fordert Julius sanft und legt einen Finger an seine Lippen. »Ich schlage vor, du versuchst es noch einmal, Lea. Und kümmere dich nicht um dein bewusstes Selbst! Folge deinen Instinkten! Lass dich von deinen Gefühlen leiten!«

Julius steht auf und verlässt die Küche. Erstaunlicherweise folge ich ihm brav ins Wohnzimmer. Dort ergreift er wie selbstverständlich meine Hand. Das verhindert auch, dass ich mich irgendwo ohne ihn hinsetzen könnte.

»So, Prinzessin, setz dich!«

Weil er mich so schwungvoll zur Couch zieht, lasse ich mich in die Kissen fallen. »Wolltest du dir nicht den Baum ansehen?«

Kurz blickt er über seine Schulter zu dem funkelnden Baum, lässt sich dann neben mir nieder. »Ja, schöner Baum.«

Da sitzen wir also nun schweigend und Händchen haltend nebeneinander und starren auf den Weihnachtsbaum.

»Mhm, sehr schöner Baum.« Dann stelle ich klar: »Wir halten Händchen.«

»Ja, auch schön.«

»Mhm.«

Wieder schweigen wir.

Julius beginnt, mit seinem Daumen über meinen Handrücken zu streichen. Ich komme mit der Entwicklung des Abends nicht mehr klar. Eigentlich wollte ich den faden Weihnachtsabend bei meinem Bruder und seiner Frau verbringen. Jetzt sitze ich hier mit dem Mann, in den ich jahrelang heimlich verknallt war. Zu allem Überfluss ist er solo und streichelt meine Hand. Ich weiß nicht, was von den beiden Tatsachen schwerer für mich zu verdauen ist.

»Sollten wir nicht ein bisschen Small Talk machen?«, frage ich.

»Haben wir doch schon. Ich sagte, der Baum ist schön.«

»Mhm.«

»Außerdem bin ich kein Protokoll-Droide.«

»Ach nee, du wolltest ja nie den goldenen Roboter spielen. Meinst du, ich hätte das vergessen?«

Jetzt sehe ich Julius doch an, weil ich den Weihnachtsbaum inzwischen schon gut kenne.

Mein fröhliches Lächeln erstirbt, weil er mich so ernst ansieht. »Ich habe dich nicht vergessen.«

»Du …«

»Also ich bin vielleicht kein Protokoll-Beherrscher, aber dafür hab ich jede Menge andere Kommunikationsformen auf Lager.«

»Das kann ich mir lebhaft vorstellen. Das hast du ja bei dieser Discoqueen eindrucksvoll unter Beweis gestellt.«

Sofort hält sein Daumen auf meiner Hand inne.

»Darum geht es also? Immer noch?«

Ich hätte selbst nicht gedacht, dass es bei mir immer noch so tief sitzt. Doch an den Schmerz von damals kann ich mich noch gut erinnern.

Es war einmal …

*J*mmer noch mein sechzehnter Geburtstag. Von der Knutscherei in unserem Badezimmer hätte ich mich eigentlich nicht erholt, wären nicht meine drei Freundinnen vorbeigekommen, um mich abzulenken.

Natürlich habe ich ihnen nichts davon erzählt. Gewisse Geheimnisse sollte man vorsorglich für sich behalten, wenn man möchte, dass sie auch geheim bleiben.

Bis wir in die Disco aufbrachen, vertrieben wir uns die Zeit in meinem Zimmer. Als frischgebackene Sechzehnjährige war ich natürlich um Punkt 21 Uhr in der Disco. Zu einer Zeit, in der sonst niemand auf die Idee kam, in einer Disco herumzulungern. Es herrschte gähnende Leere in dem muffigen Kellerraum. Meine Freundinnen und ich waren – abgesehen vom DJ, dem Mann hinter der Bar und dem Kassierer am Eingang – die einzigen Anwesenden.

Feierlaune kam nicht wirklich auf. Wir suchten uns Sitzplätze und hielten tapfer aus, bis nach und nach die anderen Mitarbeiter und Gäste eintrafen.

Die Discothek füllte sich und unsere schüchterne Truppe fiel nicht weiter auf. Das hatte den Vorteil, dass ich ungestört das Geschehen um mich herum beobachten konnte.

Es war schon kurz vor 24 Uhr, als ich meinen Bruder im Gemenge am Eingang erspähte. Ich ertappte mich dabei, wie ich den Hals reckte und nach dem großen Julius Ausschau hielt. Er musste eigentlich wegen seiner Größe leicht zu erkennen sein. Ich spürte jeden Schlag meines klopfenden Herzens. Das mulmige Gefühl in meinem Bauch versuchte ich zu ignorieren.

»Ich muss nach Hause.« Meine Freundin stupste mich von der Seite an. »Kommst du mit?«

»Ja, gleich.« Jetzt stand ich auf, um die Gruppe um meinen Bruder genauer in Augenschein nehmen zu können. Aus Erzählungen wusste ich, dass die Jungs einen hart umkämpften Stammplatz an einem der Stehtische direkt neben der Tanzfläche hatten. Mit abschätzendem Blick verfolgte ich den Weg der Gruppe durch den Raum. Als ich das Ziel erahnen konnte, wurde mir der Blick von einem tanzenden Pärchen versperrt.

»Kommst du jetzt?« Gerade als ich meine Freundin nochmals vertrösten wollte, erkannte ich, wer da vor mir tanzte.

Mein angespannter Körper fiel augenscheinlich in sich zusammen. Das mulmige Kribbeln in meinem Bauch breitete sich in schauerartigen Wellen in meinem Körper aus.

Julius tanzte dort eng umschlungen mit einem Mädchen aus unserer Schule. Er beugte sich beim Tanzen ein wenig über sie, damit seine Hände auf ihren Hüften liegen konnten. Seine Stirn hatte er an ihre gelegt. Der leidenschaftliche Blick, mit dem er sie fixierte, ließ mein Herz zu einem Stein erstarren.

Das Mädchen bewegte die Hüften im Takt der Musik. Ironischerweise sang Marie Frederiksson von einer Liebe, die zu Ende war. Bei den beiden sah es mir überhaupt nicht danach aus, als ob irgendetwas zu Ende ginge.

Mir wurde bewusst, dass ich inzwischen ein paar Schritte in Richtung der Tanzfläche gegangen war.

»Ist das seine Neue?« Mit einem Seitenblick streifte ich meine Freundin, die ihre Arme verschränkt hatte und ebenfalls Julius und seine Tanzpartnerin beobachtete.

Zu einer Antwort war ich nicht in der Lage. Ich glaubte einfach nicht, was ich da sah.

Ohne dies bewusst zu wollen, arbeitete ich mich

durch die herumstehenden Discobesucher, bis zum Rand der Tanzfläche durch. Nur eine Stufe trennte mich jetzt noch von der Fläche, auf der sich Julius mit seiner Begleitung vergnügte.

Warum konnte ich nicht wegsehen? Jedes Detail saugte ich auf. Ihre armreifbehangenen Handgelenke schlangen sich um seinen Hals. Sie berührte seinen Nacken. Ihr Körper schien mit jeder Faser Julius entgegenzustreben. Ich sah ihr langes, blondes Haar, das so seidenweich schimmerte. Sie war perfekt! Und ich war ein Niemand. Das Schwester.

»Das ist so billig!«, rief Sandra.

In diesem Moment war ich meiner Freundin unglaublich dankbar. Mit ihrem Schimpfen schaffte sie es, den Schmerz, der längst von mir Besitz ergriffen hatte, zurückzudrängen.

Leider nur kurzfristig.

Julius zog die blonde Schönheit an sich. Seine linke Hand verließ die Hüfte. Das Nächste, was seine Hand fand, war die Pobacke der Blonden.

Wie gerne hätte ich weggesehen, als seine Hand begann, die Pobacke zu drücken. Was hätte ich darum gegeben, wenn das mein Po gewesen wäre.

»Hey!« Wieder stupste mich meine Freundin an. »Wir sollten jetzt gehen. Sonst kommen wir zu spät nach Hause.«

»Ja … gleich.« Ich konnte nicht verhindern, dass meine Stimme schmachtend klang.

Bevor ich hier zu sabbern anfing, tat Julius etwas, das meinen Speichel ins Nirwana beförderte.

Er küsst diese Schönheit! Ich hätte die Blonde gern an den Haaren von ihm fortgerissen. Halt! Nicht sie war hier die Schuldige. Er war es. Dieser Heuchler! So ein Arschloch, aber mal ehrlich!

Immer noch konnte ich nicht wegsehen. Es war nicht so, dass ich scharf darauf war, mich selbst zu verletzen, aber hier schien jeder Schutzmechanismus meiner Seele zu versagen.

Während mein Innerstes zu bluten begann, beobachtete ich Julius' Lippen, die sich leidenschaftlich mit ihren vereinten. Es tat weh! Diese Art Schmerz war mir völlig neu. Ich wusste nicht, dass eine Person in der Lage war, mir so etwas Schreckliches anzutun, ohne mich anzusprechen oder zu berühren.

»… it's over now. It's where the water flows …«, sang Marie Frederiksson.

Ich musste hier weg!

Ich kann mich nicht mehr daran erinnern, was als Nächstes geschah. Hatte ich mich zu auffällig bewegt? Hatte meine Freundin irgendetwas getan? Auf jeden Fall sah ich plötzlich direkt in Julius' Augen, die auf mich geheftet waren. Er löste den Kuss und richtete sich auf.

Wie gerne hätte ich den Ausdruck auf seinem Gesicht gedeutet, aber mal ehrlich: Dazu war ich momentan überhaupt nicht in der Lage. Es kam mir allerdings vor, als würde er einen Moment lang selbst nicht genau wissen, wie er sich verhalten sollte.

Der Moment war schnell verstrichen. Seine Begleitung sah mich interessiert an und er nickte mir freundlich zu. »Hey!« Sein Lächeln war für seine Verhältnisse zu klein, zu mechanisch.

In meinem ganzen Leben war ich noch nie zu so viel Selbstbeherrschung gezwungen gewesen. Es kostete mich meine ganze Kraft, die angestauten Tränen in meinen Augen zurückzuhalten und sein Nicken zu erwidern. »Hallo!«, gab ich so laut und selbstbewusst wie möglich zurück. Dann schaffte ich es sogar, meinen betäubten Lippen ein Lächeln aufzuzwingen. Gut, dass ich das nicht selbst sehen musste.

Sandra zog mich am Arm. »Jetzt aber, Lea! Wirklich!«

Dankbar ließ ich mich von Sandra von der Tanzfläche wegziehen. Ich drehte mich auch nicht noch einmal um, obwohl es mich natürlich interessiert hätte, ob Julius mir nachsah.

Auf dem Heimweg konnte ich dem Redeschwall aus Sandras Mund nicht folgen. Sie ging jedes Detail des heutigen Discoabends noch einmal durch. Julius erwähnte sie dabei mit keinem Wort, und ich war froh, dass ich den Kuss in unserem Bad für mich behalten hatte. Es reichte schon, wenn Julius darüber Bescheid wusste. Julius, der Mann, der nicht nur über mich wie über einen benutzten Fußabstreifer trampelte – nein, er ließ jede Menge Dreck auf mir zurück.

An diesem Abend weinte ich mich in den Schlaf und traf eine Entscheidung. Meine Schwärmerei für Julius wurde beerdigt. Fortan ging ich ihm, wann immer es möglich war, aus dem Weg. Er war Luft für mich.

Zurück in die Zukunft …

*D*eshalb hast du mich also gemieden wie die Pest?«

»Ja, stell dir vor. Ich war bis über beide Ohren in dich verknallt.«

»Echt jetzt? Ist mir gar nicht aufgefallen. Ich dachte immer, du würdest mich eher umbringen, als dich in mich zu verlieben.«

Mit einem Blick in sein Gesicht registriere ich, dass er überrascht aussieht und zu überlegen scheint. War ihm wirklich nie bewusst, dass er mit meinen Gefühlen gespielt hatte?

»So doof kannst du nicht gewesen sein.«

Das bringt mir einen bösen Blick ein.

»Danke. Aber stell dir vor, so doof war ich! Ich habe dich im Bad geküsst und danach hast du nie wieder ein Wort mit mir geredet. Du bist mir aus dem Weg gegangen. Ich habe gedacht, ich hätte dich verschreckt.«

»Du hast mich nicht verschreckt, sondern verletzt, weil du mit dieser anderen Tussi geknutscht hast.«

»Tja. Männer sind so. Bis sie feststellen, dass es viel schöner ist, eine Frau zu lieben und sie nicht nur zu fi-cken. Bei mir war das erst mit dreißig der Fall.«

»Ach …«

»So ist das eben.«

»Na, super.«

»Komm schon! Das ist doch alles ewig her.« Julius beginnt wieder, meine Hand zu streicheln, und beugt sich zu mir. Sein Flüstern löst eine pulsierende Spannung in jeder Zelle meines Körpers aus. »Jetzt sind wir beide hier.«

»Und ein paar Jährchen älter.«

Von den ganzen unschönen Erfahrungen, die ich mit anderen Männern gemacht habe, ganz zu schweigen. Und überhaupt: Soll ich noch einmal auf die gleiche Masche hereinfallen? Jetzt will er mit mir anbandeln, nur um mir in weniger als zehn Minuten bestimmt seine Frau und seine sieben Kinder vorzustellen.

»Wie wäre es, wenn wir beide …«

»Hör zu, Han! Den Charmebolzen kannst du gleich wieder einpacken. Ich kenne dich, seit du mit meinem Bruder eingeschult wurdest.«

»Da hattest du noch eine Windel an.«

»Ist gar nicht wahr! Und jetzt lenk mich nicht ab! Was ich eigentlich sagen will, ist, dass deine Chancen …«

»Sag mir nie, wie meine Chancen stehen!«

Jetzt muss ich doch lachen. Er hat ihn noch drauf – den Han-Solo-Spruch. Julius macht die Kopfbewegungen, hat den Zeigefinger erhoben und es blitzt gefährlich in seinen Augen. Dabei sieht er Harrison Ford nicht einmal annähernd ähnlich. Er ist Julius Fink, wie er leibt und lebt. Ich erkenne immer noch den Julius von früher in ihm. Fatal! Aber eigentlich bin ich überhaupt nicht bereit, Julius in mein Leben zu lassen.

»Was willst du, Julius?«

»Ich möchte, dass du wieder ein Teil meines Lebens wirst.«

Kann er etwa Gedanken lesen? Ich kann mich nicht erinnern, dass jemals so etwas Schönes zu mir gesagt wurde.

Darauf kann ich nicht angemessen reagieren. Er klingt so ehrlich, so vorsichtig und doch nervös. Es irritiert mich, wie sehr ich mich über seine Worte freue.

Es gäbe die Möglichkeit, jetzt blöd zu grinsen. Andererseits könnte ich ihn anblaffen, so wie früher. Mir fällt ein, dass er es war, der mir schon immer regelmäßig Komplimente gemacht hat, die ich mit ebenso penetranter Regelmäßigkeit abschmetterte.

Vielleicht ist es jetzt an der Zeit, lieb gemeinte Worte anzunehmen.

»Danke«, sage ich schlicht.

Er sieht mich mit großen Augen an. »Damit hab ich jetzt nicht gerechnet.«

»Wär dir ›Verpiss dich, Fink!‹ lieber?«

»Ich dachte jetzt eher, dass du so was sagst wie: ›Ich habe ein verdammt mieses Gefühl bei der Sache!‹«

»Mir lag etwas anderes auf der Zunge …«

»Ach, eher so etwas wie: ›Das ist kein Mann. Das ist eine Raumstation!‹?«

Jetzt muss ich lachen, aber er wird sofort ernst. »Ich habe nicht mit solch einer Reaktion gerechnet, weil ich nicht dachte, dass du mir noch ein Wort glaubst. Nach dem, was in der Disco und danach passiert ist. Ich würde dir jedes Misstrauen zugestehen.«

»Julius …«

»Ja?«

»Warum bist du hier? Ich meine, es ist Weihnachten.«

»Ich bin erst vorige Woche wieder hergezogen. Ich habe meine Kontakte in Deutschland vernachlässigt, und ich hatte keine Lust, an Weihnachten bei meinen Eltern zu sitzen.«

»Kann ich verstehen.«

»Mit Hannes wäre Weihnachten lustig, da war ich mir sicher. Und ehrlich gesagt habe ich gehofft, dass ich dich hier antreffe.«

Jetzt bin ich baff.

Es war einmal ... Februar 1995

Eine riesige Faschingsfete. Hannes und Julius hatten ihr Abitur längst in der Tasche und mit ihren Studien begonnen. Das jährliche Faschingsfest an unserem Gymnasium wollten sie aber nicht verpassen. Wie der Zufall es wollte, war unser diesjähriges Thema »Weltall«. Meine Kostümwahl gestaltete sich nicht schwer. Natürlich ging ich als die Prinzessin verkleidet, die ich jahrelang in unseren Rollenspielen verkörpert hatte. Dazu kombinierte ich einen weißen Pullover mit einem Rock. Mein Haar frisierte ich zu zwei seitlichen Zöpfen und schlang jeden zu einer Art Dutt. Auf diese Weise würde jeder sofort erkennen, wen ich darstellte.

Leider erkannte das auch Peter Kraus. Er hieß wirklich wie der Sänger. Er konnte ja nichts dafür – der Sänger, meine ich. Sein Namensvetter war nämlich ausgesprochen lästig. Kraus war allerdings nicht allgemein als Klette unterwegs, leider nur, was mich anging. Seine Zuneigung verdeutlichte er mir gerne, indem er mir auf Schritt und Tritt folgte. Peinlich fand ich nicht nur, dass er zwei Jahre jünger war als ich, er schien auch im falschen Jahrzehnt hängen geblieben zu sein. Sein Haar frisierte er immer mit zu viel Haargel zu einer Elvis-Tolle und genauso schmierig machte er sich an mich heran.

Als hätte er geahnt, dass ich als Prinzessin Leia erscheine, bildete er das männliche Pendant dazu. Das Han-Outfit wirkte an ihm vollkommen deplatziert.

Er trug tatsächlich Reitstiefel! Die lange Hose, die notdürftig in die Stiefel gestopft war, plusterte sich unnatürlich füllig oberhalb der Knie auf, sodass Peters Hinterteil unvorteilhaft betont wurde. Eigentlich erinnerte er mich mehr an einen Gockel als an einen Schmuggler. Daran konnte selbst das eng anliegende weiße Hemd mit der Trachtenweste nichts ändern.

»Lea!« Offensichtlich freute er sich sehr, mich zu sehen. Er hatte sein bestes Zahnpastalächeln aufgesetzt.

Weil ich nicht gemein sein wollte, schenkte ich ihm ein Lächeln. Das führte aber dazu, dass er die Arme weit öffnete und wie ein Gockel auf mich zuschritt. Die Stiefel waren eindeutig zu groß! Wenn er jetzt stürzte, musste ich ihn auffangen.

Er fiel nicht, und ich ging ein paar Schritte zur Seite, damit er mich nicht umarmen konnte.

»Prinzessin Leia, darf ich mich vorstellen. Solo … Han Solo.« Peter streckte den rechten Zeigefinger, führte ihn an die Lippen und pustete. Dabei hob und senkte er seine Augenbrauen.

Na schön. Selbstbewusstsein hatte er ja, das musste ich ihm lassen.

»Was möchtest du trinken?«

»Momentan nichts.«

Er war immer so. Er war wie mein persönlicher Wunscherfüller. In seiner Gegenwart durfte ich nichts mehr selbst tun. Dass er mir nicht noch die Toilettentür aufhielt, wenn ich mal musste, war alles. Ich ließ meinen Blick über die Tanzfläche wandern.

»Willst du tanzen?«

»Nein!«

»Brauchst du irgendwas?«

»Ja, meine Ruhe.«

Peter lachte laut auf und klopfte sich auf die Schenkel. Das hörte sich merkwürdig an bei dieser aufgeplusterten Hose. »Guter Witz! Du bist immer so lustig.«

Meine Nerven! Irgendwann musste ich ihm deutlich sagen, dass er mich in Ruhe lassen sollte, ohne dass ich ihm gleich sein Herz brach.

Diesmal wurde ich von einem kleinen Mädchen gerettet. Sie ging bestimmt erst in die siebte Klasse und sie war ebenfalls als Prinzessin verkleidet. Ein weißes Bettlaken schlang sich um ihren Körper. Ihre kurzen Haare waren zu zwei Zöpfen zusammengepresst. Es standen nur ein paar kurze Strähnen aus den Haargummis heraus.

Sie erlöste mich von Peter, indem sie sich neben ihn stellte und ihr Bettlaken mit beiden Händen hielt. Unruhig schwankte sie hin und her. Dabei lächelte sie Peter selig an. Ha! Jetzt wusste er einmal, wie es mir mit ihm ging.

Er kratzte sich verlegen am Hinterkopf, brachte sein Haar dann aber sofort wieder in Ordnung. »Äh … ich muss mal ganz dringend da drüben … die haben …«

Ich musste mir ein Lachen verkneifen. Peter hatte eine Verehrerin gefunden und er konnte damit nichts anfangen.

»Bis dann, Peter«, sagte ich, ohne zu überlegen.

Er deutete auf mich. »Richtig. Bis dann.«

Mist! Das hatte er jetzt wohl als Aufforderung verstanden, sich später wieder an meine Fersen zu heften.

Erschrocken hielt ich den Atem an. Als er aber meine Aura verließ, atmete ich erleichtert auf. Dabei schenkte ich der enttäuschten Verehrerin ein mitleidiges Lächeln.

Sie zuckte mit den Schultern und machte ein erbostes Geräusch, das wie ein Knurren klang. Schnurstracks wandte sie sich um und marschierte davon. Dabei verlor sie beinahe das Bettlaken.

Puh! Mit der hatte ich es mir wohl verscherzt. Als ich ihr nachsah, warf sie sich mit einer energischen Handbewegung einen Zipfel des Lakens über die Schulter.

Die nächste halbe Stunde wurde ich von Peter in Ruhe gelassen. Endlich Zeit, die Kostüme meiner Klassenkameraden und Freunde zu inspizieren. Es gab Marsmenschen, Sterne, Blechroboter und vieles mehr. Natürlich tummelten sich einige Kostüme aus der Star-Wars-Saga darunter. Am meisten Aufsehen erregte ein junger Mathelehrer, der ein perfektes Darth-Vader-Kostüm trug. Er sah überhaupt nicht verkleidet es. Es war, als hätte sich David Prowse höchstpersönlich auf unser Faschingsfest verirrt.

Doch der Frieden hielt leider nicht lange an. Als ich von einem Toilettengang zurück in die Aula kam, wurde er wieder empfindlich gestört.

»Leia! Hallo, Prinzessin!«

Unglaublich! Der Typ war so endlos lästig. Merkte der das nicht? Hastig sah ich mich im Raum um. Irgendwo musste doch jemand sein, mit dem ich mich in ein Gespräch stürzen konnte. Jemand, der mich vor jedem weiteren von Peters Annäherungsversuchen bewahrte. Ich stellte mich sogar auf die Zehenspitzen in der Hoffnung, irgendjemanden zu erspähen.

Da sah ich ihn. Julius. Er musste es sein. Seine große Gestalt würde ich selbst im Halbdunkel von hinten erkennen – selbst wenn er sich, so wie jetzt, als Schurke verkleidet hatte. Betont lässig hatte er einen bestiefelten Fuß auf der Fußstütze der Theke gestellt, während sein muskulöser Oberkörper leicht nach vorn gebeugt war. Er schien etwas in den Händen zu halten, und ich erkannte, dass es sich um eine Flasche handelte, als er diese an seinen Mund führte.

»Leia, ist Eure Hoheit taub?«

Schon wieder dieser Kraus!

Ich musste mich jetzt entscheiden. Kraus oder Fink! Das war wirklich keine leichte Entscheidung. Wählte ich den Kumpel meines Bruders, den ich seit ungefähr zwei Jahren zu ignorieren versuchte, oder den verkappten Elvis Solo, den ich dann wohl den Rest des Abends nicht mehr loswerden würde. Da nahm ich doch lieber den, der eindeutig besser verkleidet war. Mir war zwar nicht wohl bei meiner Entscheidung, aber mir fehlte die Zeit, das Pro und Kontra genauer abzuwägen. Kraus war im Anmarsch.

Eilig huschte ich neben Julius an die Theke. Dabei drängte ich mich ihm näher auf, als ich es normalerweise tun würde, weil ich mit so viel Schwung zu ihm aufschloss. Er registrierte sofort meine Anwesenheit und richtete sich auf. Der Fuß, der eben noch lässig auf der Stange an der Theke geruht hatte, verließ diese. Ich konnte gerade noch sehen, wie er erstaunt die Stirn runzelte, als er einen Blick hinter mich warf. Keine Frage! Er hatte erkannt, warum ich so überstürzt auf ihn zugeeilt war. Noch größer schien allerdings seine Überraschung über meine Anwesenheit an seiner Seite zu sein. Er lehnte sich zurück und vergrößerte den Abstand zu mir. Dabei sah er mir abwartend in die Augen. Der Blick sagte mir: »Also das ist jetzt nicht dein Ernst!« Julius brauchte es nicht zu sagen. Ich wusste, dass er mich jetzt nicht unterstützen würde, wenn ich nichts unternahm.

»Bitte ... Der nervt mich schon den ganzen Abend!«

Das zeigte glücklicherweise Wirkung. Sofort wandte sich Julius mir ganz zu und stellte die Flasche ab. Er rückte wieder näher an mich heran.

Völlig betäubt registrierte ich, dass er seinen Arm öffnete. Das warme Gefühl, das sich in meinem ganzen Körper ausbreitete, kann ich kaum beschreiben. Zuerst spürte ich nur ein Kribbeln im Nacken. Als ich Julius'

Hand und seinen Arm auf meinem Rücken spürte, explodierte dieses Kribbeln und durchfuhr mich glühend.

In dem Moment wollte ich lieber nicht zu Julius aufsehen. Deshalb drehte ich mich ein Stück in die Richtung, aus der ich gekommen war. Peter war stehen geblieben. Ich konnte mir ein triumphierendes Lächeln nicht verkneifen. Wem machte ich was vor? Bestimmt grinste ich unkontrolliert wie jemand, der gerade in eine Zitrone gebissen hatte. Schlechter Vergleich.

»Was geht, Kraus?«, fragte Julius.

Peter nickte nur, so als hätte er endlich die letzte Mathe-Hausaufgabe begriffen. Dann winkte er ab und wandte sich zum Gehen.

Ich atmete erleichtert auf, als ich ihn in der Menge der Partygäste verschwinden sah.

»Peter Kraus also – du bist mutiger, als ich dachte.«

»Ich habe nichts mit dem und will auch nichts haben.«

»Hat der nicht letztes Jahr auch schon wie die Pest an dir geklebt?«

»Hat er«, bestätigte ich säuerlich.

Es wunderte mich, dass ihm das überhaupt aufgefallen war. Ich konnte mich noch sehr gut erinnern, wie Julius letztes Jahr als Cowboy verkleidet die ganze Zeit über in den Ausschnitt einer Bardame namens Janine gestarrt hatte.

»Scheint nicht aufzugeben, was?«

»Das dachte ich mir letztes Jahr auch.« Er verstand die Anspielung auf sich nicht.

»Willst du was trinken, Prinzessin?«

Oh, oh! Er klang verärgert, als hätte ich ihn eben zu einem Verhalten genötigt, das ihm zuwider war.

Darauf wollte ich nicht reagieren. Ich wollte gehen.

Falsch gedacht! Gerade als ich mich abwandte und gehen wollte, hielt mich Julius an meiner Schulter fest.

»Nichts da! Hör mal, ich weiß eigentlich schon gar nicht mehr, wer du bist, geschweige denn, wo du jetzt auf einmal herkommst, aber von jetzt an tust du, was ich dir sage, okay?«

»Hey!« Mehr konnte ich nicht sagen, da ich grob zurück an seine Seite gezogen wurde. Schon fand ich mich in seinem Arm wieder. Es gab kein Entkommen, so fest hielt er mich.

»Also, Schätzchen, du schaffst es, mich ganze zwei Jahre lang wie den letzten Deppen zu behandeln, und jetzt bin ich dir wieder gut genug. Eine fabelhafte Idee! Hast du dir schon überlegt, wie du aus dieser Situation wieder rauskommst?«

»Ich …«

»Ich bin noch nicht fertig!« Er winkte dem Barkeeper. »Eine Apfelsaftschorle für die Prinzessin! Mann, ich kann diesem Kraus ja richtig dankbar sein. Er hat geschafft, was ich seit Jahren nicht hinbekomme. Du bist hier bei mir und sprichst mit mir.«

»*Du* sprichst. Ich muss zuhören.«

Er lachte. »Also, was verschafft mir die Ehre? Ging es dir nur um die Rettung oder hast du dich nach mir gesehnt?«

Eigentlich konnte ich darauf ehrlich antworten. Sein verbitterter Tonfall stieß mir sauer auf. Was bildete er sich ein? Er hatte schließlich diese Disco-Bekanntschaft geküsst. Das schöne Gefühl, endlich wieder in Julius' Nähe zu sein, wurde von meinem Ärger überschattet.

»Es ging lediglich um einen kleinen Gefallen«, antwortete ich kühl.

Julius ließ mich los und schob mir die Apfelsaftschorle, die der Barkeeper auf den Tresen gestellt hatte, vor die Nase. Dann griff Julius nach seiner Flasche, wandte sich von mir ab und trank einen Schluck. Ich beobachtete ihn von der Seite und wartete, was nun kommen würde.

»Wie wirst du mich für diesen Gefallen entlohnen?«

»Was?« Ich konnte es nicht fassen. »Willst du mir sagen, du willst Geld?«

Julius lächelte und stieß einen Atemzug an die Flaschenöffnung. Dann schüttelte er den Kopf, stellte die Flasche ab und wandte sich mir zu.

Instinktiv vergrößerte ich den Abstand zu ihm. Es sah so lässig aus, wie Julius an der Theke lehnte. Er sah so verdammt nach Han Solo aus.

»Ich will kein Geld, Prinzessin! Vergiss deine Kostümierung mal für eine Weile. Mir würden gleich eine Handvoll anderer Möglichkeiten einfallen, wie du dich bei mir revanchieren könntest.« Sein schiefes Grinsen sagte alles.

Also, ich hätte ihm schon geantwortet, wenn mein Mund nicht tonlos aufgeklappt wäre.

Der Zufall – oder besser gesagt das Schicksal kam mir zu Hilfe. Hinter Julius sah ich Leonie, seine derzeitige Freundin. Natürlich war sie, passend zu Julius, auch als Leia verkleidet. Aber sie trug die sexy Kostümvariante, den Bikini mit der Schärpe.

Um Julius' Aufmerksamkeit nicht auf sie zu lenken, wandte ich schnell den Blick von ihr ab. Sie war eindeutig auf dem Weg zu ihrem Liebsten und würde uns in ein paar Schritten erreichen. Mir fiel ein, wie ich Julius den Abend so richtig versauen konnte.

Ich rückte näher an ihn heran. Dann hob ich bewusst langsam meinen Arm. Es kostete mich wirklich Überwindung, Julius zu berühren, aber ich schaffte es, meine Handfläche auf seine Wange zu legen.

Ganz kurz war ich irritiert, als ich ihn schwer schlucken sah. Aber die nahende Bikini-Leia ließ mich wieder an meinen Plan denken. Mein Lächeln konnte jeder, der mich gut kannte, als Schauspiel entlarven. Julius' Begleitung aber würde es für echt halten. Hoffentlich! Also lächelte ich so verführerisch wie möglich und näherte meinen Mund Julius' Ohr. Dafür musste ich mich auf die Zehenspitzen stellen. Er beugte sich erwartungsvoll ein Stück zu mir hinunter und lauschte.

»Du wirst gleich höllischen Ärger bekommen, mein Lieber.« Meine Hand fuhr an sein Kinn. Die kaum sichtbaren Bartstoppeln kratzten an meinen Fingerspitzen. Dann drückte ich ihm einen Kuss auf die frei gewordene Wange und sog dabei seinen Duft tief in meine Nase.

Er roch göttlich, verdammt! Ich wusste bis zu diesem Moment nicht, dass er so gut roch.

Natürlich nutzte ich die Situation zu meinen Gunsten aus. Ich konnte ihn berühren, ihn küssen und ihm dabei gehörig eins auswischen. Julius schien mit meinem letzten Satz nichts anfangen zu können. Meinen Wangenkuss steckte er auch locker weg.

Trotzdem sah er mich noch einen Moment lang an, bevor er nach seiner Flasche griff. Für mich sah es so aus, als würde er überlegen, wie er mit meiner Annäherung umgehen sollte.

»Auf Peter Kraus!«, prostete Julius mir zu. »Mögen seine Bemühungen nie von Erfolg gekrönt sein!«

»Hey!«, bellte eine weibliche Stimme hinter Julius.

Die zornige Begrüßung galt nicht mir, sondern ihm. Kein Wunder.

Julius wandte sich um und sah seine Freundin. Leider begriff er sofort, was ich mit meiner Berührung bezweckt hatte. Sein Blick in meine Richtung sagte alles.

Er stand auf und breitete seine Arme für seine Freundin aus. »Du siehst toll aus!« Den Kuss, den er ihr geben wollte, ließ sie mit einer kurzen Kopfbewegung zu einem Wangenkuss werden.

Charmant bemühte er sich um sie. Sein Lächeln konnte ich nur von der Seite sehen, aber es reichte mir schon, um zu erkennen, dass er sie damit um den kleinen Finger wickeln würde. Ich war Luft geworden. Überflüssig. Das Schwester. Es fühlte sich schmerzlich vertraut an. Schließlich war ich es schon gewohnt, für ihn ein überflüssiges Anhängsel zu sein.

Es war Zeit für mich, den Schauplatz zu verlassen. Leonies Gesichtsausdruck sagte mir, dass Julius nun eine Weile mit Wiedergutmachung beschäftigt sein würde.

Die Apfelschorle ließ ich stehen. Ich wollte jetzt gerne was Stärkeres.

Offiziell gab es auf diesem Schulfest nur nichtalkoholische Getränke. Allerdings wusste ich, dass es auf dem Parkplatz draußen eine Kofferraumschänke gab. Ironischerweise fand der Verkauf auf dem Parkplatz des Direktors statt …

Zurück in die Zukunft …

Mein Bruder Hannes taucht im Wohnzimmer auf. Mir fällt sofort auf, dass er seinen Pullover nicht mehr anhat und sein T-Shirt feuchte Flecken aufweist. »Es tut mir echt leid, aber so wie es aussieht, ist der Abend beendet. Der Kleine ist richtig krank. Wir müssen uns jetzt um ihn kümmern.«

»Mach dir keine Gedanken, das verstehen wir«, sagt Julius. »Wir gehen zu mir. Lea will sehen, wie ich jetzt eingerichtet bin.«

Wie bitte? »Was soll das denn jetzt?«

»Meine neue Wohnung ist gleich um die Ecke.«

Hannes strahlt. »Mensch, das wäre super von dir. Lea hat sonst niemanden …«

»Moment mal!«, ereifere ich mich. »Ich gehe jetzt nach Hause. Das ist schon in Ordnung. Ich bin ein großes Mädchen.«

»An Weihnachten sollte niemand alleine sein. Komm schon, wir gehen!« Mit diesen Worten steht Julius auf. Er bleibt neben mir stehen und wartet, ob ich mich erhebe.

Es bleibt mir ja nichts anderes übrig. Schließlich hat mein Bruder soeben den Abend für beendet erklärt. Ob und mit wem ich den restlichen Abend verbringe, kann ich auch entscheiden, wenn ich die Wohnung verlassen habe. Hannes und Brigitte brauchen jetzt Ruhe, damit sie sich um Quirin kümmern können.

Der Abschied von Brigitte fällt kurz aus. Sie sieht erschöpft aus. Nicht einmal ein kleines Lächeln schleicht sich auf ihr Gesicht, als sie uns winkt. Ihre Augenringe sind mir vorhin gar nicht aufgefallen.

Julius und ich verlassen gemeinsam das Haus. Ich will in Richtung meiner Wohnung davongehen.

»Hey, ich wohne in dieser Richtung!« Julius deutet in die entgegengesetzte Richtung.

Dazu sage ich nichts.

»Komm schon! Sei nicht so! Muss ich dich erst über die Schulter werfen?«

Die Herausforderung in seiner Stimme entgeht mir nicht. Will ich es tatsächlich darauf ankommen lassen?

Er macht eine verschwörerische Bewegung mit der flachen Hand vor seinem Gesicht und senkt die Stimme. »Du wirst diesen Mann nach Hause begleiten.«

»Also – auch wenn ich nicht behaupten kann, dass die Macht stark in dir ist – ich komme noch mit zu dir, aber …«

»Nichts aber! Ohne weitere weibliche Ratschläge müssten wir es eigentlich schaffen, zu mir nach Hause zu kommen.«

Wie selbstverständlich greift er meine Hand. Seine Hand ist deutlich wärmer als meine. Es fühlt sich toll an und seltsam vertraut. Es ist, als gehöre meine Hand in seine, als hätte es schon immer so sein sollen.

»Waaaaaah!« Ein Schrei lässt mich zusammenfahren. Wo kam der her? Die Stimme klang dumpf.

Julius fischt mit der freien Hand in seiner Manteltasche. Er befördert sein Smartphone just in dem Moment ans Tageslicht, als erneut der Schrei erklingt. Diesmal klingt er klar und deutlich.

Sein Klingelton ist ein Schrei? Mein Blick scheint Bände zu sprechen, da mich Julius schelmisch angrinst, bevor er den Anruf annimmt.

»Ja?«

Wir schlendern gemütlich weiter. Julius bleibt längere Zeit still. Die Stimme am anderen Ende der Leitung ist wohl schlecht zu verstehen.

»Ich hab doch schon gesagt, dass ich vorbeischaue ... ja ... um halb vier.« Julius bleibt stehen. Offenbar ist ihm etwas eingefallen, weil er den Redefluss der Person in der Leitung unterbricht. »Halt! Mir fällt grad ein, dass ich gerne noch jemanden mitbringen würde.« Kurz sieht er mir fragend in die Augen.

Da ich nicht weiß, worum es hier überhaupt geht, kann ich nicht reagieren. Mir bleibt nichts anderes übrig als abzuwarten.

Julius drückt meine Hand. »Ich bringe Lea mit, wenn es recht ist. Ja, Lea Comtesse.«

Julius grinst und starrt ins Leere, als er der Stimme am Telefon lauscht. Seine letzten Worte überraschen mich nicht. »Dann bis morgen, Mama.« Er beendet das Telefonat. Das Smartphone wandert zurück in seine Tasche.

Ich bleibe stehen, um mir seine ungeteilte Aufmerksamkeit zu sichern.

»So, so. Du nimmst mich mit zu deinen Eltern? Vielleicht habe ich ja gar keine Zeit und überhaupt, was ist das für ein fürchterlicher Klingelton?«

»Warum so aufgebracht, Prinzessin? Erstens: Du bist bestimmt morgen Nachmittag frei. Hannes hat beim Essen erzählt, dass ihr erst übermorgen bei den Eltern seid. Richtig? Zweitens: Und der Klingelton müsste dir bestens bekannt sein. Das ist der Wilhelmsschrei.«

»Erstens: Deswegen könnte ich morgen trotzdem etwas vorhaben. Zweitens: Wer zum Teufel ist dieser Wilhelm?«

»Erstens: Stimmt, du hast etwas vor, und zwar mit mir. Zweitens: Der Wilhelmsschrei ist ein Soundeffekt, der in vielen Filmen vorkommt – Star Wars, Indiana Jones … er ist der wahrscheinlich bekannteste Schrei der Welt.«

»Erstens: Du bist ganz schön unverschämt! Zweitens: Danke für den übermäßigen Input.«

Julius lacht aus vollem Halse. Eine Atemwolke steigt in den Nachthimmel auf. »Ich bin eben nicht so plump und ungenau wie Wiki Weißt-du-was.«

Ich liebe sein Lachen! Es klingt so ehrlich und herzlich. Wie damals …

Es war einmal …

*J*ulius' lautes Lachen ließ mich aufhorchen. Ich
hatte mir auf der Faschingsfete illegal ein paar
Flaschen Pils einverleibt, obwohl ich das Zeug hasste.

Vorsichtig folgte ich dem Geräusch des Gelächters.
Ich entdeckte Julius und seine Freundin im Pausenhof
der Schule. Eine kleine Parkanlage machte es möglich,
während der Pausen einen kurzen Spazierweg entlang-
zugehen. Wie es schien, wollte er mit seiner Freundin
nun bei Nacht dort entlangschlendern. Warum auch
immer, ich folgte den beiden.

Da war leider auch Peter Kraus. Blitzschnell duckte
ich mich hinter einen Busch. Peters gestreckter Körper
und der Blick in alle Richtungen ließen mich vermuten,
dass er auf der Suche nach mir war.

Nach einiger Zeit wollte ich mich hinter dem Busch
erheben. Das gelang mir nicht, weil in diesem Moment
Julius und seine Freundin auf dem Weg stehen geblieben waren. Direkt vor meinem Busch!

Wie hätte das denn jetzt ausgesehen, wenn ich genau neben ihnen aus einem Gebüsch aufgetaucht wäre?
Ich konnte kaum sagen, ich sei soeben von Scotty her-
gebeamt worden.

Nun wurde ich Zeuge ihres Gesprächs.

Leonie schlang ihre Arme um Julius und schmieg-
te sich an ihn. »Wenn ich das Abi in der Tasche habe,
kann ich zu dir nach München ziehen und dann …«

»Sachte! Jetzt musst du erst einmal das Abi schaffen.«

»Kein Problem! Ich freue mich so auf München! Vielleicht zieht Hannes dann ja auch aus?«

»Bestimmt nicht.«

»Ich fände es so toll, wenn wir gemeinsam studieren könnten.«

»Das wäre … prima.«

»Was hast du denn? Freust du dich gar nicht auf unsere gemeinsame Zeit?«

»Doch.«

»Na also. Wenn wir erst einmal Kinder haben …«

»Was?«

»Es gibt viele, die während des Studiums schwanger werden. Die Studienbedingungen für Mütter sind super! Ich würde dann …«

»Leonie! Du bist gerade achtzehn geworden. Außerdem will ich mich nicht festlegen.«

»Was willst du damit sagen?«

»Ich will dir damit sagen, dass ich ins Ausland gehen werde. Ich hab die Stelle bei der Firma in Neuseeland bekommen, für die ich mich beworben hab.«

»Neuseeland? Für wie lange?«

»Mindestens zwei Semester. Vielleicht auch länger.«

Leonie blieb still. Ich blieb still. Julius würde fortgehen? Für lange oder vielleicht für immer? Ein Gefühl schauriger Gänsehaut überkam mich. Er war doch immer hier! Seit ich mich erinnern konnte, gab es immer Julius in meinem Leben. Es ging nicht, dass er sich aus meinem Leben davonstahl. Sicher, ich hatte ihn schon länger ignoriert, aber musste er deswegen gleich den Kontinent verlassen?

Leonie reagierte ähnlich verstört wie ich. »Das sagst du mir jetzt?«

»Wir sind nicht verheiratet, Leonie!«

Ein klatschendes Geräusch ließ mich hinter dem Busch in Richtung Julius hervorspähen. Er hielt sich seine Wange. Leonie, die ihm gerade eine Ohrfeige verpasst hatte, eilte davon. Gut gemacht, Leonie!

Julius drehte sich in meine Richtung. Ich machte mich wieder ganz klein. Dabei blieb ich an einem Ast hängen. Dieser schnellte zurück.

Julius schien mich jedoch nicht bemerkt zu haben. Erleichtert stieß ich Luft aus. Seine Schritte auf dem Kiesweg entfernten sich. Ich versuchte mich zu sammeln. Warum hatte ich noch nichts davon mitbekommen, dass er das Land verlassen wollte?

»Hallo.« Die Stimme hinter mir kannte ich.

»Woah!« So schnell, wie ich jetzt aufgestanden war, hatte ich das noch nie geschafft.

Julius stand mit verschränkten Armen direkt hinter mir. Zwischen seinen Augenbrauen lag eine tiefe Falte.

Bei dem Schreck hatte ich eine Hand auf mein Herz gelegt. Ich starrte Julius an. Dabei versuchte ich, so unschuldig wie möglich auszusehen. Ich war mir nicht sicher, ob mir das gelang. Nach dieser schrecklichen Neuigkeit war ich innerlich aufgewühlt. Noch mehr regte es mich auf, dass mich diese Meldung so aus dem Gleichgewicht brachte.

Julius schien seine eigenen Schlüsse zu ziehen. »Prinzessin«, sagte er streng. »Warum drückst du dich hier im Gebüsch herum? Hast du Angst, dass ich gehe, ohne mich bei dir zu verabschieden?«

Merkte er denn nicht, wie sehr ich durch den Wind war?

»Du gehst?«, fragte ich und versuchte, überrascht zu klingen.

»Jetzt stell dich nicht doof, Comtesse! Du hast doch hier gekauert und mein Gespräch mit Leonie belauscht.«

»Leonie?« Ruckartig sah ich mich um. Ich tat, als würde ich nach ihr Ausschau halten.

Julius stieß genervt Luft aus und schüttelte den Kopf. »Schon klar! Versuch es weiter, aber ohne mich. Bis dann.«

Er steckte die Hände in seine Hosentaschen, wandte sich ab und stiefelte davon.

»Warum gehst du nach Neuseeland?«, rief ich ihm nach. Meine Stimme klang wehleidig und zitterig.

Weil er keine Anstalten machte, stehen zu bleiben, eilte ich ihm nach.

Erst als ich ihn erreicht hatte, hielt er inne. »Warum? Du willst ehrlich wissen, warum?«

»Ja.«

Er machte eine Pause. »Es geht um berufliche Möglichkeiten, die ich nicht ungenutzt lassen will.«

Ich nickte und war froh, dass er ruhiger klang als zuvor. Mein Nicken schien ihm allerdings nicht zu gefallen. Er wurde wieder lauter. »Es ist ja nicht so, dass mich hier jemand vermissen würde. Ich meine, du ignorierst mich seit Jahren. Was interessiert es dich, was ich tue?«

»Ich …«

»Ja, du! Erzähle mir, warum du dich jetzt engagierst. Es ist zu spät, Prinzessin!«

»Weiß Hannes es schon?«

»Hannes? Na klar.« Julius zuckte mit den Schultern.

»Ich bin mir sicher, dass er dich vermissen wird.«

Julius lachte einmal kurz auf. »Bestimmt. Willst du mich überzeugen, dass du mich vermissen wirst, oder was wird das jetzt?«

»Ich?«

»Bevor du jetzt deinen Prinzessinnen-Text zum Besten gibst …«

»Das will ich überhaupt nicht!«

»Ich kann dir als Ersatz nicht den Kuss eines Wookiees anbieten.«

»Ich weiß.«

Seine Stimmung veränderte sich. Meine Worte hatten kraftlos geklungen, vielleicht nahm ich ihm damit den Wind aus den Segeln. Jedenfalls entspannten sich seine Gesichtszüge. Er sah mich mit der Andeutung eines Lächelns an. Wie in Zeitlupe kam er mir näher und legte zärtlich die Hände um mein Gesicht.

Gespannt bis in den letzten Muskel blickte ich zu ihm auf. Am liebsten wollte ich jetzt die Augen schließen, aber ich konnte nicht wegsehen. Erst als er seine Lippen den meinen vorsichtig näherte, fielen meine Augen wie von selbst zu. Ich wartete. Und wartete. Nichts geschah.

Schließlich öffnete ich die Augen wieder. Julius war noch da. Seine Hände hatte ich die ganze Zeit gespürt, genauso wie seinen warmen Atem auf meinem Gesicht.

Er war mir so nahe gekommen, dass kaum ein Blatt zwischen uns gepasst hätte. Warum zum Teufel küsste er mich nicht?

Er holte einmal tief Luft. Dann lächelte er traurig. »Ich glaube, ich muss doch sehen, ob ich irgendwo einen Wookiee auftreiben kann, obwohl dir ein ordentlicher Kuss sicher guttun würde.«

»Was?«

»Mach's gut, Prinzessin!«

Er ließ mich los und ging. Um mich herum wurde es kalt. Ich beobachtete, wie Julius in der Dunkelheit verschwand.

Jetzt war mir alles egal.

Vom Rest des Abends habe ich nicht mehr viel in Erinnerung.

Ausgerechnet Julius klopfte am nächsten Morgen an meine Zimmertür. Er hatte wie so oft bei uns übernachtet.

»Geht's dir gut?« Weil er keine Antwort erhielt, öffnete er einfach meine Zimmertür.

Jetzt reagierte ich sofort. »Verpiss dich, Fink!«

»Ich mein ja nur … Du liegst übrigens unterm Spannbettlaken.«

Ich riss die Augen auf und starrte auf die Decke, unter der ich es mir gemütlich gemacht hatte. Tatsächlich! Wie hatte ich das geschafft?

Julius lachte, schloss dann aber sofort die Tür. »Falls du es schaffst, dich ohne Laserschwert freizukämpfen: Es gäbe Frühstück!«, hörte ich ihn draußen vor der Tür noch sagen. »Also beeil dich, sonst lass ich deinen Toast verbrennen. Aber du magst ihn ja *a little on the dark side* …«

Ich ging nicht zum Frühstück, und »Verpiss dich, Fink!« war der letzte Satz, den ich zu Julius gesagt habe. Kurz darauf verließ er das Land und damit auch mich. Ich habe ihn seitdem nie wiedergesehen.

Zurück in die Zukunft …

Was ist los? Warum auf einmal so ernst?« Julius holt mich mit dieser Frage in die Gegenwart zurück.

»Ich musste gerade an unser Treffen auf der Faschingsparty denken.«

Er nickt. »Ich musste die letzten Jahre auch immer wieder daran denken.«

Wir schweigen.

Dann zieht er mich weiter. »Komm, es ist nicht weit bis zu meiner Wohnung! Ich muss dir was zeigen.«

Er hat recht. Es sind tatsächlich nur ein paar Schritte bis zu dem modernen Wohnblock, in dem er eine Erdgeschosswohnung mit Garten hat.

Er steckt den Wohnungsschlüssel ins Schloss. Es sind Geräusche von innen zu hören. »Nicht erschrecken«, sagt Julius und zwinkert mir zu.

Er öffnet die Tür. Sofort drängt sich ein dunkles

Geschöpf durch den entstandenen Spalt. Ein riesiger Hund.

»Du hast einen Bobtail?«

Der Hund freut sich sichtlich, dass sein Herrchen wieder da ist. Wir haben Mühe, in die Wohnung zu kommen. Julius drängt den Hund in die Wohnung zurück, damit ich nachkommen kann. Sobald ich die Tür hinter mir geschlossen habe, beobachte ich, wie Julius in die Hocke geht und seinen Hund liebevoll krault.

»Yes, good dog.« Er wendet sich an mich. »Er ist noch ein bisschen neben der Spur wegen unserem Umzug. Aber das wird schon.«

»Der ist groß.«

»Chewie, das ist Lea. Lea, das ist Chewie – mein laufender Bettvorleger.«

Er hat einen Chewbacca?

Chewie sieht mich an. Langsam strecke ich meinen Arm in seine Richtung. Der Hund kommt zu mir und schnuppert an meiner Hand. Dann geht er ein Stück weiter, damit ich ihn besser kraulen kann.

Julius steht auf und gesellt sich zu mir. Wir streicheln beide seinen Hund.

Plötzlich sieht Julius mich an. »Jetzt könnte ich dir den Kuss eines echten Wookiees anbieten. Wenn du möchtest.«

»Nee, muss nicht sein.« Ich lache.

»Vielleicht möchtest du doch lieber den Kuss des Schurken?«

Er sieht mich an, als ob er es richtig ernst meinen würde. »Ich …«

»Ach, was soll's!« Julius nimmt mein Gesicht in seine Hände und küsst mich. Obwohl er sich mir stürmisch genähert hat, fällt der Kuss zart und kurz aus.

Chewie verschwindet in einem der Zimmer, die vom Flur abgehen.

»Ist er jetzt beleidigt?«

Ich liebe die Lachfältchen, die sich jetzt um Julius' Augen bilden. »Er wird es überleben. Der Wookiee kann nicht immer gewinnen.«

Nachdenklich blicke ich den Flur entlang, aber Chewie lässt sich nicht mehr blicken.

»Was sagst du?«, fragt Julius.

»Wozu?«

»Zu uns? Ich finde, wir haben eine Chance verdient. Nennen wir sie Episode vier – eine neue Hoffnung.«

»Ich glaube, das ist der Beginn einer wunderbaren Freundschaft.«

»Du bist im falschen Film, Prinzessin. Fordere mich nicht heraus!«

»Morgen ist ein neuer Tag.«

»Ehrlich gesagt, meine Liebe, ist mir das egal.«

Julius küsst mich so stürmisch, dass ich einen Moment brauche, um mich darauf einzustellen. Meine Antwort fällt dann aber umso wilder aus. Endlich! Endlich habe ich ihn für mich ganz alleine.

Nicht ganz, aber einen Schurken muss man immer mit einem Chewie teilen.

Dezember 2015

»Warum müsst ihr unbedingt in diesen Film?« Brigitte kann ihr Desinteresse für Science-Fiction-Filme wie immer nicht verbergen.

Schon als wir die Wohnung betreten haben, um Hannes ins Kino abzuholen, stand ihr das Unverständnis in die Stirnfalten geschrieben.

Inzwischen sitzen wir alle im Wohnzimmer.

Brigitte hat den einjährigen Quirin auf dem Schoß, der apathisch an einem Butterkeks lutscht und ins Leere starrt.

Hannes wirft uns einen entschuldigenden Blick zu, aber seine Frau legt noch einen drauf: »Und überhaupt: ›The force awakens – die Macht erwacht?‹ Also ganz ehrlich: Ich dachte nach sechs Filmen wäre sie inzwischen schon hellwach.«

Julius lacht und zieht mich noch näher an sich. Ich kuschele mich in seinen Arm.

»Du hast so recht, Brigitte. Ich glaube, Lea bleibt bei dir, damit du Gesellschaft hast.«

»Was?«, rege ich mich künstlich auf, weil ich schon an seiner Stimme gehört habe, dass er scherzt.

»Ist für mich die beste Option! Wenn du diesen Solo über die Leinwand rennen siehst, werde ich bei dir völlig out sein. Wie du weißt, würde ich nur ungern sein Todesurteil unterzeichnen.«

»Erstens, mein Lieber, glaub ich kaum, dass Harrison noch so schnell rennen kann, und zweitens habe ich in dir doch meinen ganz persönlichen Schurken gefunden. Ich hatte schon immer ein Herz für Schurken.«

»Ehrlich? Du kommst mir jetzt mit einem Erstens und Zweitens?«

»Und ich bin verrückt nach Schurken.«

Schon als Kind habe ich mir immer vorgestellt, einen persönlichen Schurken an meiner Seite zu haben, der mich beschützt. Manchmal war das Darth Vader. Ich habe mir gewünscht, er stünde die ganze Nacht in meinem Zimmer, damit ich in Ruhe schlafen kann.

Später wurde mir dann klar, dass ich mit Vader im Zimmer niemals in Ruhe schlafen könnte. Die Geräusche der Beatmungsmaschine hätten mich früher oder später in den Wahnsinn getrieben. Deshalb war meine Fantasie dann auf den Terminator umgeschwenkt. Noch heute wünsche ich mir manchmal meinen persönlichen Terminator, der mich überall hin begleitet und mich beschützt.

Eigentlich brauche ich den nicht mehr, denn ich habe Julius.

»Nun, wenn es meinem Prachtmädchen um nichts weiter als einen Schurken geht, soll es auch nichts weiter bekommen als ihn.« Sagt es und küsst mich.

Fröhliche Weihnachten und möge die – ihr wisst schon – mit euch sein!

ENDE

Danksagung

Dieses kleine Büchlein soll ein großes Dankeschön an euch sein. Seit über einem Jahr verfolgen einige von euch nun schon die Bücher von Pea Jung. In diesem hier stecken ein paar Szenen, die wirklich aus meinem Leben stammen. Ein großer Teil ist aber erfunden. Das ist ja das Schöne am Autorenleben: Ich kann nach Herzenslust mischen. Was wahr ist und was erfunden, überlasse ich eurer Fantasie.

Danke, George Lucas, dass du meine Kindheit mächtig galaktisch gemacht hast.

Danke, lieber Onkel Roland, deine Begeisterung für Filme hat auf mich abgefärbt.

Und jetzt müsst ihr mich entschuldigen. Ich muss ins Kino!

Mit fröhlichen Grüßen
Pea Jung

Bist du bereit für mehr?
Hier findest du mich und meine Werke:

info@peajung.de
www.peajung.de
www.facebook.com/PeaJungAutor
www.youtube.com/PeaJungAutor

Übersinnlich verliebt

Pea Jung
CLARA (Band I)
Die geheime Gabe
448 Seiten
Taschenbuch/eBook
ISBN: 978-3-7386-0311-8

Pea Jung
CLARA (Band II)
Die Rückkehr
452 Seiten
Taschenbuch/eBook
ISBN: 978-3-7347-5724-2

Bist du bereit?
Bereit für ein Geheimnis, das du
mit niemandem teilen darfst?
Öffne das Buch, begleite Clara auf ihrer
turbulenten Abenteuerreise in
ein neues L(i)eben, und du findest dich
auf der Liste der Eingeweihten.
Welches Pfand würdest du für
dein Schweigen in die Waagschale werfen?

Warnung! Dieses Produkt macht abhängig und kann nicht mehr abgesetzt werden!
Zu Risiken und Nebenwirkungen lesen Sie alle Bände der Serie oder fragen Sie
die Autorin Ihres Vertrauens.

Daydreams into stories

Übersinnlich verliebt

Pea Jung
CLARA (Band III)
Finstere Vergangenheit
436 Seiten
Taschenbuch/eBook
ISBN: 978-3-7386-3490-7

Pea Jung
CLARA (Band IV)
Sturm auf Zeit
ca. 400 Seiten
Taschenbuch/eBook
ISBN: 978-3-7431-1299-5
erscheint am 1.2.2017

Clara erscheint als Taschenbuch/
eBook und wird 4 Bände umfassen.
Clara ist ein echter Hingucker –
auch im heimischen Bücherregal!

Liebe & Erotik

Pea Jung
Die falsche Hostess
194 Seiten
Taschenbuch/eBook/
Hörbuch
ISBN: 978-3-7357-4200-1

Raffaela darf ihre Nachbarin in deren Job als Hostess vertreten und lernt dabei den smarten Rick kennen. Zwischen den beiden sprühen sofort leidenschaftliche Funken, die sich in Form eines One-Night-Stands entladen. Kein Problem? Weit gefehlt. Schließlich war Raffaela offiziell als ihre Nachbarin unterwegs, was zu Verwicklungen führt. Und sie sieht Rick schneller wieder als erwartet.

Pea Jung
Die echte Hostess
228 Seiten
Taschenbuch/eBook
ISBN: 978-3-7347-7668-7

Was passiert, wenn eine Hostess von akuter Midlife-Crisis befallen wird? Ein Problem? Nicht für Doris. Die sucht sich nämlich einfach eine neue Herausforderung, mit der sie sich von der eingebildeten Krise ablenken will. Für Doris ist das die Teilnahme an einem Pole-Dance-Kurs. Schon bald stellt sich allerdings heraus, dass ihr in ihrem Leben nicht nur der Kick des Unbekannten fehlt...

Liebe & Erotik

Pea Jung
Die Wunschblase
232 Seiten
Taschenbuch/eBook
ISBN: 978-3-7357-6115-6

Pea Jung
Die Putzstelle
248 Seiten
Taschenbuch/eBook
ISBN: 978-3-7357-3940-7

Der sechsjährige Ben hat einen ganz besonderen Herzenswunsch: Er möchte seinen Papa Frank wieder glücklich sehen. Ganz klar: Der Papa braucht eine neue Frau. Und Ben eine neue Mama. Ben ahnt nicht, dass er mit seinem geheimen Wunsch außergewöhnliche Mächte in Gang setzt.

Carolyn, ein weiblicher Dschinn, bekommt einen Auftrag ...

Die Kellnerin Josefine kehrt unter einem Tisch ein paar Scherben zusammen. Eine ganz gewöhnliche Tätigkeit für eine Kellnerin? Weit gefehlt. Schließlich starrt ihr dabei spontan ein mysteriöser Unbekannter auf den Hintern und bezahlt sie auch noch dafür. Schon nach kurzer Zeit flattert ein unerwartetes Jobangebot ins Haus ...

Für die Großen

Pea Jung
Superheld
fürs Leben gesucht
212 Seiten
Taschenbuch/eBook
ISBN: 978-3-7347-6000-6

Pea Jung
Sand in den Haaren
296 Seiten
Taschenbuch/eBook
ISBN: 978-3-7412-2559-8

Was passiert, wenn dein 11-jähriger Sohn Jonas einen wildfremden Russen in dein Haus einlädt, und der diese Einladung auch noch annimmt? Die junge Mutter Jennifer traut ihren Augen kaum, als der bärtige Russe plötzlich in ihrem Garten steht. So ein Kerl hatte ihr gerade noch gefehlt. Schließlich hat sie als alleinerziehende, berufstätige Mutter und Trainerin bereits genug zu tun ...

Seine Durchlaucht bittet zur Schere!
Gibt es wirklich keine zweite Chance für den ersten Eindruck? „Sei doch froh, dass du den Typen nie mehr wiedersehen musst", denkt Ines, die sich von ihrer Zufallsbekanntschaft Jérôme gedemütigt fühlt. Falsch gedacht! Natürlich sieht sie ihn wieder und gerät dabei mitten in das Leben einer echten Fürstenfamilie.

Für die Kleinen

Pea Jung
Wendelin und das Blatt
14 Seiten
Apple iBook
ISBN: 978-3-7347-9606-7

Ein interaktives Buch für Kinder mit Animationen, Malspiel und Quiz

Erlebe ein einzigartiges Abenteuer mit Grashüpfer Wendelin!
Berührt man den Bildschirm erwacht Wendelin für kurze Zeit zum Leben.
Ideal für Kinder von 2 – 8 Jahren.
Ausgezeichnet von der Fach-Jury der BoD E-Challenge

Dieses Buch ist mit iBooks auf Ihrem Mac oder iOS-Gerät und auf Ihrem Computer mit iTunes zum Download verfügbar.

Daydreams into stories